치앙마이에서 띄우는 편지

치앙마이에서 띄우는 편지

발행일	2017년 7월 28일		
지은이	김 대 인		
펴낸이	손 형 국		
펴낸곳	(주)북랩		
편집인	선일영	편집	이종무, 권혁신, 송재병, 최예은, 이소현
디자인	이현수, 이정아, 김민하, 한수희	제작	박기성, 황동현, 구성우
마케팅	김회란, 박진관, 김한결		
출판등록	2004. 12. 1(제2012-000051호)		
주소	서울시 금천구 가산디지털 1로 168, 우림라이온스밸리 B동 B113, 114호		
홈페이지	www.book.co.kr		
전화번호	(02)2026-5777	팩스	(02)2026-5747

ISBN   979-11-5987-696-7 03810(종이책)   979-11-5987-697-4 05810(전자책)

이 도서의 국립중앙도서관 출판예정도서목록(CIP)은 서지정보유통지원시스템 홈페이지(http://seoji.
nl.go.kr)와 국가자료공동목록시스템(http://www.nl.go.kr/kolisnet)에서 이용하실 수 있습니다.
(CIP제어번호 : CIP2017018651)

(주)북랩 성공출판의 파트너

북랩 홈페이지와 패밀리 사이트에서 다양한 출판 솔루션을 만나 보세요!

홈페이지 book.co.kr   자가출판 플랫폼 해피소드 happisode.com
블로그 blog.naver.com/essaybook   원고모집 book@book.co.kr

세계 여행자들의 로망 치앙마이에서 10년째 살고 있는
한 남자의 여행과 인생 이야기

치앙마이에서
띄우는 편지

김대인 지음

북랩 book Lab

내가 이곳 태국 북쪽에 위치한 태국 제2의 도시 치앙마이에서 생활한 지도 벌써 십여 년이 훌쩍 지났다. 젊어서부터 역마살이 끼었는지 돌아다니기를 좋아했으며 아들이 초등학교 1학년 때부터 같이 배낭을 메고 십여 년 동안 여러 나라를 떠돌다가 나이 들어서 노후생활을 하기에 비교적 기후도 좋고 물가도 저렴한 이곳 치앙마이에 정착하게 되었다.

특히 이곳에서는 골프를 저렴한 가격에 아주 간편하게 즐길 수가 있어서 더 매력적인 것 같다. 이곳에 살면서 많은 사람을 만나고 이야기를 나누다 이전에 내가 여행을 하면서 겪었던 일들을 말하다 보면 많은 사람이 그 소중한 경험담을 많은 사람들이 공유하면 좋겠다는 말을 들었다. 또한, 상업 목적이 아닌 여행을 좋아하고 꿈을 꾸고 있는 사람들을 위하여 글로써 남기면 어떻겠냐는 의견을 많이 들었다.

그러나 나는 나의 경험담이 그렇게 특별하지도 않고 많은 사람이 알고 있는 사실이라고 생각했으며 또 요즈음은 인터넷이 발달하여 많은 정부가 퍼져 있어서 나의 이야기는 별로 특별하지 않다고 생각하고 있었다. 특히 내 나이가 이제 내일모레면 칠십인데 나의 경험을 글로써 표현할 자신도 없었다.

그러던 어느 날 TV에서 인천에 사는 칠십 넘은 노인 어부가 평생 자기 소원이었던 배를 다른 사람의 도움도 받지 않고 6년 동안 고생 끝에 만들어, 드디어 고기잡이에 나서게 됐다는 '인간 극장'이라는 프로그램을 보고 나이가 들었다는 이유로 글쓰기를 주저했던 자신이 너무 부끄럽고 나약한 사람이라는 생각을 하게 되었다. 10톤이 넘는 커다란 배를 자기가 직접 설계를 하고 나무를 사다 직접 만들고 페인트칠을 해서 배를 자기가 원하던 대로 만들었다는 것은 그야말로 인간 승리이다.

나는 그 즉시 집 근처의 대학교 앞에 있는 문구점에 가서 원고지와 볼펜을 사서 책을 만들기 위한 글을 쓰기 시작했다. 그러나 전문지식도 없고 어디서부터 시작해야 할지 감이 잡히질 않았다. 그리고 아무런 메모 하나 없이 순전히 내 기억에만 의존해야 하는 상황에서 정말로, 시쳇말로 '맨땅에 헤딩'하는 셈이었다. 그렇다, 글을 쓰기 위해서는 준비가 필요했다. 그 사실을 깨달은 나는 그날부터 TV 시청을 줄였다. 저녁 뉴스 1시간을 제외하고는 TV 시청을 하지 않고, 머리를 비우고 머릿속을 정리하였다.

옛날에 부모님께서 공부는 새벽에 하는 것이 제일 좋은 방법이며 머리에 쏙쏙 들어온다는 말씀이 기억나 새벽에 일어나 이빨을 닦고 세수를 한 후 따뜻한 차를 한잔 마시고 글을 쓰기 시작했다. 그러나 모든 게 쉬운 게 아니었다. 글씨는 남이 읽을 수도 없을 만큼 악필이었고, 한 구절 쓰고 나면 다음 구절을 이을 수가 없을 정도로 막히기만 했다. 그러나 하루 이틀 시간이 지남에 따라 나의 기억은 점차 살아나기 시작했으며 글을 쓰는 속도도 점점 빨라지기 시작했다.

참으로 인간의 능력은 놀랍기만 할 뿐이다. 처음에는 한두 장만 쓰고 나면 손가락이 아프고 눈이 침침해졌는데, 이제는 제법 오래 지속 할 수 있을 만큼 나아진 게 신기할 따름이다. 내 평생 지금까지 살아오면서 볼펜 잉크가 다 떨어질 정도로 많은 글을 써 본 적이 없고, 그 볼펜 십여 자루의 잉크가 떨어져 바꾸어 가며 글을 써 본 것은 내가 생각해도 거의 기적에 가까운 일이다.

이 글을 쓰면서 지난 일을 돌이켜 보게 되었다. 바쁘고 힘든 직장생활을 하면서도 토요일, 일요일 등 휴일마다 내가 하는 슈퍼마켓에 나와서 열심히 뒷바라지를 해 주고 나와 아들이 오랜 시간 자유여행을 할 수 있게 해준 집사람과 영어를 잘하지 못하는 나와 같이 여행을 하며 나를 대신하여 통역을 잘해주며 나와 즐겁게 여행을 따라다닌 아들에게도 고마운 생각이 든다.

또한, 남이 쉽게 읽지 못할 정도의 악필로 쓴 내 원고를 잘 정리해 주고 컴퓨터에 입력한 후 출력, 교정해준 사위 곽윤환 선생님과 딸 김지은 선생님 그리고 책 중간 중간 그림을 그려서 아름답고 예쁘게 꾸며준 미술학원 원장님인 조카 허혁, 가족 모든 사람에게 고맙게 생각한다. 예쁘고 귀엽기만 한 두 명의 손주 녀석들이 나중에 커서 할아버지가 책을 썼다는 것을 알고 얼마나 좋아할까 생각하니 상상만 해도 즐겁고 기쁘다.

하여튼 글을 쓰기에는 부족함이 많이 있지만, 내가 직접 다녀보고 경험했던 사실만을 기록했다는 것은 분명하다. 끝까지 책을 완성하도록 지켜주시고 도와주신 하나님께 감사드리며 하나님께 영광을 돌립니다.

@heohyuk

목차

치앙마이에서 띄우는 편지

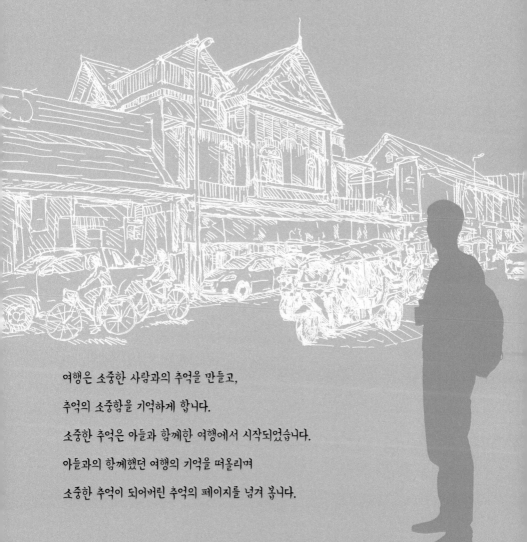

I

여행을 따라!

여행은 소중한 사람과의 추억을 만들고,

추억의 소중함을 기억하게 합니다.

소중한 추억은 아들과 함께한 여행에서 시작되었습니다.

아들과의 함께했던 여행의 기억을 떠올리며

소중한 추억이 되어버린 추억의 페이지를 넘겨 봅니다.

1

인도 동북부 여행

히말라야를 넘는 트럭

| 다이질링 재래시장에서 만난 인도 여인

 '**다이질링**'으로 떠나다

　모든 여행자가 한 번쯤은 가보고 싶어 하는 인도 동북부 실리구리를 경유하여 간 부탄 국경 근처에 있는 다이질링은 인도가 영국 식민 통치 시절 영국인들이 만든 휴양도시이며 홍차가 많이 생산되는 아름답고 쾌적한 도시이다. 나와 아들은 이 도시를 여행하기 위해 중국에서 히말라야를 넘는 중국과 네팔 사이 국경을 거쳐 네팔의 수도 카트만두에 들어갔다.

　중국 비자는 한국에서 받아 갔으며 네팔 비자는 네팔 국경 이미그레이션에서 현지 발급을 받을 수가 있었다. 카트만두는 모든 사람이 잘 알고 있듯이 옛날 부탄 오아조의 유적지가 아직도 많이 보존되어 있고 사람들이 친절하고 순수해서 자유 여행자들이 많이 모여드는 곳이다.

그러나 생각과는 다르게 대기 오염이 너무나도 심하고 거리에 널려 있는 생활 쓰레기들은 바람에 먼지와 함께 흩날리고 있어서 약간은 실망스러움을 안겨 주기도 했다. 나는 아들과 함께 카트만두는 몇 번 다녀간 경험이 있어서 목적지인 인도의 다이질링을 가기 위해서 하룻밤을 묵고, 카트만두 시내 외곽지에 있는 시외버스 정류장을 숙소 주인에게 물어 이튿날 아침 일찍 택시를 타고 버스 정류장으로 향했다.

참고로 카트만두 시외버스 정류장은 목적지별로 여러 군데가 있기에 확실하게 확인한 후 신경을 써서 찾아가야만 한다.

버스 정류장에 도착하여 많은 자유 여행자들이 즐겨 타는 VIP 버스를 피해 현지인들이 많이 이용하는 로컬버스를 타기로 하고 그 표를 샀다. 로컬버스는 가격도 저렴하지만, 무엇보다 현지인들을 만날 수가 있고 천천히 달리기 때문에 주변 경치도 자세히 볼 수 있어서 내가 여행 중에 자주 이용하는 교통수단이다.

그러나 나이가 어린 아들은 에어컨이 들어오는 쾌적한 최신 버스를 타지 않고 덥고 냄새가 나고, 깨끗하지 못한 차림새의 현지인들이 타는 로컬버스만 타는 나에게 불만이 있는 듯 벌써 한 시간째 말을 하지 않고 창밖만 쳐다보고 있다. 내가 탄 버스는 예정 출발시각이 되었는데도 어찌 된 일인지 출발을 하지 않고 계속 손님들만 부르고 있다. 그렇게 계속 지체한 버스는 출발시각을 1시간 30분이나 지난 후에 사람들을 통로까지 꽉 채운 다음에야 겨우 출발을 한다. 그래도 다행이란 생각이 든다. 언젠가 한 번은 손님이 많지 않으니까 다른 버스로 옮겨 타라고 해서 너무나도 황당했던 기억이 있어서이다.

우여곡절 끝에 버스는 카트만두 시내를 벗어나 경치가 아름답고 평화스러운 시골길로 천천히 달려나간다. 중간에 사람들이 세워 달라고 하거나 승객 중에 소변이 급하다고 하면 세워 주는 정말 인심 좋은 버스였다. 말은 통하지 않았지만, 현지인과 눈인사를 하며 미소를 나누는 흐뭇하고 정겨운 시간이 흘러 카트만두에서 출발한 버스는 예정 도착시각보다 3시간 늦은, 10시간 만에 인도 북부 실리구리에 우리를 내려 주었다. 실리구리에 도착한 우리는 오늘 중에 다이질링으로 들어가야만 하루 여행 경비를 줄일 수가 있었기 때문에 조금은 서둘렀다. 초등학교 3학년인 아들은 피곤하고 잠이 덜 깼는지 얼굴이 밝지 못했다. 여행이 사람을 키우고 마음을 넓힌다는 생각에 아들을 데리고 배낭 여행을 한 지 3년째인데, 이럴 때면 어떻게 해야만 잘하는 것인지 확신이 서질 않는다. 다른 아이들 같으면 방학 중에 친구들하고 재미있게 놀고 있을 텐데, 아들의 교육과 장래 인성을 위해 여행을 선택한 것이 과연 잘한 선택인지 의문이 가기도 하는 순간이다.

 ## 아들과의 여행의 시작

아들이 초등학교에 들어갈 때 우리 부부는 여행을 통해 아들이 좀 너 사유롭게 세상을 많이 보고 알게 하여 세상에서 정말로 필요로 하는 사람으로, 이웃에게 도움이 되고 필요한 사람으로 키워 보자고 다짐을 했다. 그래서 우리 부부는 초등학교 1학년 여름 방학 전 학교에 아버지와 함께하는 체험학습 신청을 했다. 그렇게 하면 그 주간을 결석 처리하지 않고 여행이

나 체험을 허락해 주었다. 그렇게 여름방학 약 40일, 겨울방학 약 40일 1년에 두 번 아들과 자유여행을 한 지도 벌써 3년째이다.

그러나 말이 자유여행이지 숙소는 제일 저렴한 도미토리에서 해결하고, 어떨 때는 숙박비를 아낀다면서 밤 기차를 타고 열차에서 잠을 자기도 했다. 이러한 여행으로 아직 어린 아들은 즐거움보다는 고생과 불평이 더 많았을 것이다. 그러나 먼 훗날 아들이 성장하여 오늘을 돌이켜 생각한다면 아버지를 이해하고 오늘의 고생이 일생을 살아가는데 큰 밑거름이 되었다고 생각해 주길 바란다.

 ## 실리구리에서 다이질링으로

실리구리에서 다이질링으로 가려면 기차를 타거나 민간인이 운영하는 지프를 합승해서 타야만 한다. 그러나 이 기차는 하루에 두 번밖에 운행하지 않으며, 증기 기관을 이용해서 가는 꼬마 기차이기 때문에 시간도 엄청 많이 걸린다. 우리는 선택의 여지 없이 호객행위를 하는 젊은 사람과 요금을 깎고 또 깎아 우리가 생각하기에 적당하다고 생각하는 돈을 지급하고 지프에 올랐다. 그러나 지프는 우리가 생각하는 지프와는 달리 구조 변경을 하여 12~13명 정도까지 태우는 엉성하기 이를 데 없는 지프였다.

다이질링은 해발 2,500m 이상 되는 고산지대라 다행히 지프가 앞, 뒤 기어가 다 들어가는 사륜구동이었다. 그래서 보기보다는 순조롭고 빠르게 다이질링으로 가는 2,500m 히말라야의 가파른 능선을 여유 있게 들어가고 있었다. 차창 밖으로 흩어지는 파란 하늘과 하얀 구름은 내가 어린 시절 보고 기억하는 우리나라의 옛날 하늘과도 닮은 너무나도 아름다운 색깔이었다.

지금까지 여행 중에 쌓인 피로와 스트레스는 눈이 시리도록 파란 하늘과 새하얀 눈보다 더 아름답고 예쁜 구름, 그리고 능선 양 밑으로 끝도 없이 심어 놓은 녹차 밭이 너무나도 아름답고 좋아서 우리만 보기에는 너무나도 아깝다는 생각과 집에서 우리들의 안전한 여행을 바라는 가족에게 미안하다는 생각이 들게 한다. 양옆으로 펼쳐진 녹차 밭은 상상을 하지 못할 만큼의 크고 넓었으며 감히 그 넓이를 가름하기조차 어려울 만큼 끝이 없이 창밖으로 스쳐 지나간다. 아름다운 경치에 반해 있다 보니 어느덧 다이질링 정류장에 도착했다. 실리구리를 떠나 약 2시간 만에 도착을 한 것이다. 날이 어둡기 전에 숙소를 빨리 찾아야만 했기에 나와 아들은 우리 몸만큼이나 커다란 배낭을 짊어지고 싸고 깨끗한 숙소를 찾아 떠났다.

그런데 이상한 광경이 나타났다. 이상한 머리띠를 머리에 두르고 하얀 천을 몸에 감은 많은 사람이 차에 타고 확성기를 통해 큰 소리로 우리가 알아듣지 못하는 인도말로 외치며 시내를 돌아다니고 있는 것이었다. 우리가 생각하기에는 무엇을 하는 행동인지 무엇을 외치고 있는지 정확히 알지는 못했다. 그 사람들의 말과 외침 속에 굉장히 절박함이 나타나고 있음을 느끼고 있었지만 우리는 숙소를 구하는 일이 급해 빨리 그 자리를 떠났다.

1시간 남짓 10여 군데의 도미토리를 찾아 다 살펴본 후 마음씨 좋아 보이는 아주머니가 운영하는 숙소에 몸을 풀었다. 우리의 일정은 2박 3일간 여기에 머문 후 콜카타로 이동하여 콜카타에서 방콕을 거쳐 귀국하는 일정이었다. 왜냐면 아들의 개학이 바로 5일 후라 빠듯한 일정이었기 때문이었다. 바쁜 일정 때문에 부탄까지 들어가고 싶었지만, 다음 기회로 미루고 다이질링 시내 근교 명소를 가이드북을 찾으며 바쁘게 보내고 3일째 되는 날 아침 일찍 콜카타로 가기 위해서 실리구리로 가는 버스 정류장으로 커다란 가방을 메고 나와 아들은 정류장으로 바삐 걸었다. 그런데 무언가 시내 모습이 부자연스러웠다. 어제까지 북적이던 많은 사람과 매연을 내뿜으며 달리는 차들이 하나도 보이지 않았다. 아무래도 무슨 일이 벌어진 것만 같았지만 우리는 알 수도 없었고, 버스 출발시각이 다가와 우리는 빨리 걸었다. 그러나 버스 정류장에 도착한 우리는 정말 황당한 사건에 말문이 막힐 지경이었다.

 황당한 사건의 시작

모든 버스가 오늘부터 파업이란다. 그러니깐 며칠 전 차를 타고 확성기로 외치고 다니던 사람들이 데모하는 사람들이었으며, 그들의 요구 사항이 관철되지 않자 드디어 오늘부터 파업이 시작된 것이란다. 우리는 너무나 황당하고 기가 차서 빨리 기차역으로 가보았다. 그러나 우리 기대와는 달리 기차도 역시 동조 파업을 하고 있었다. 그제야 비로소 안 일이지만 인도에서의 파업은 너무 자주 일어나는 일상적인 일이며, 파업하면, 모든 사람이다 같이 동조 파업을 하기에 버스·기차·택시와 더불어 모든 운송 수단은 물론 모든 가게까지 문을 닫는다고 한다.

우리는 정말 황당했다. 오늘 콜카타까지 가야만 내일 출발하는 비행기를 탈 수 있기 때문이다. 그 비행기를 타지 못하면 비행기 표는 물론 아들의 개학 날짜도 맞추지 못하게 된다. 갑자기 머릿속이 하얗게 된다. 어떻게 해야 할지 생각이 나질 않는다. 한참을 멍해 있던 나는 정신을 바짝 차리고 생각을 했다. 그러나 방법이 없었다. 새처럼 하늘을 날아가지 않고서는 단 한 가지 방법, 걷는 것뿐이었다. 너무나 절박했다. 나는 아들을 불렀다. 그리고 아들을 한참 쳐다본 후 "됐나?" 경상도 말로 이렇게 말했다. 그러자 아들도 주저함 없이 대답했다. "됐다!"라고 크게 말했다.

우리는 그 즉시 배낭끈을 힘차게 붙들고 걷기 시작했다. 다이질링에서 실리구리까지는 약 75㎞. 옛날 군 복무 시절 행군을 할 때 1시간에 7~8㎞를 걸었던 생각이 났다. 그러면 약 10시간 후면 실리구리에 도착할 수 있을 것 같았다. 그러나 그것이 어리석은 생각이라는 것은 얼마 가지 못해 알게 되었다. 그래도 해발 약 2,500m 이상의 산 능선에 히말라야에서부터 뻗어 내려 실리구리까지 향해 있는 아스팔트 길은 차를 타고 갔을 때와는 또 다른 느낌이었다.

아무것도 다니지 않는 큰 도로 위는 하얀 안개가 앞을 분간하지 못할 만큼 불어오는 바람결에 흩어지고 있었으며 양옆 능산 밑으로는 보기에도 탐스럽고 연초록의 색깔 잎을 자랑하고 있는 녹차 밭은 정말 아름다워 어떻게 표현을 할 수 없을 정도이다. 내가 지금까지 살아오면서 수많은 경치를 봤다고 생각했지만 다이질링 천상의 고갯길은 무슨 말로, 어떻게 표현하지 못할 만큼 감동적이었다. 오늘의 파업이 없었다면 이 아름다움과 감동은 느끼지 못하고 그냥 지나쳤을 것이라는 생각을 하니 인도 사람들의 파업이 여행의 즐거움을 한층 더 높여 주었다. 지금 와서 돌이켜보면 내 생에 있어 다시는 겪어 보고 경험할 수 없는, 잊지 못할 추억이기도 하다.

그렇게 아름다운 경치에 취해 아들과 나는 힘차게 실리구리를 향해 내려가고 있었다. 그런데 약 30분가량 행진을 했을 때였다. 아무도, 아무것도 없었던 도로에 한 사람이 우리와 똑같이 걸어가고 있었다. 우리는 너무나도 반가웠다. 빨리 다가가서 보니 나이가 많으신 할아버지 한 분이 보따리를 한 손에 들고 걷고 있으셨다. 할아버지께 우리는 말은 통하지 않아 말 대신 손짓 몸짓으로 무엇 때문에 어디까지 가시는지를 물어보았다. 할아버지께서 하신 말씀은 자기는 다이질링에서 살고, 자기 아들이 실리구리에서 학교에 다니며 그곳에서 자취하고 있다고 했다. 그런데 어제 갑자기 맹장염이 걸려 병원에 입원해 오늘 수술을 받아야 한다는 전화 연락을 받았단다. 그래서 급히 실리구리까지 가야만 했는데, 방법이 없어 지금 걸어서 가고 있다고 했다. 우리의 사정도 급했지만, 할아버지는 더욱 딱한 사연이었다.

우리는 할아버지 아들이 무사히 수술을 마치도록 기원을 하며 또다시 묵묵히 앞을 향해 나아갔다. 그렇게 약 2시간 정도 걷자, 아들의 속도가 점점 느려지고 어깨가 점점 처지기 시작했다. 더 걷는다는 것은 무리이고 이렇게 가다가는 얼마 가지 못해 쓰러진다는 생각에 나는 결단을 내려야겠다고 생각했다. 머리를 짜내 생각해 낸 방법은 배낭의 무게를 최소한으로 줄이는 것이었다.

배낭을 비우고, 마음을 채우며

지금은 많이 변했지만, 그때만 해도 배낭 속에는 코펠, 버너, 라면, 신발, 옷, 가이드북 등 정말 많은 물건을 가지고 다녔었다. 아들과 나는 다리도 쉴 겸, 민가를 찾아 내려갔다. 그냥 버리기에는 아까운 물건이었기에 동네 사람들에게 나누어 주기 위해서 마을을 찾아갔다. 물건을 사람들에게 다 나누어 주고 최소한의 물건으로 무게를 1/3로 줄였다. 나의 등산화를 얻은 마을 청년의 기쁜 얼굴을 뒤로하고 우리는 또 걷기 시작했다. 생각보다 너무 힘들고 길이 험해 오후가 됐는데도 아직 너무나 많은 길을 가야만 했다. 이런 상황이면 길가에서 밤을 지내야만 하는 상황에 조금은 당황해지

| 검문소의 인도 군인들

21

고 조급해졌다. 이러한 위기 상황에서도 조금은 다행인 것이 있었다. 모든 식당, 가게, 버스, 교통은 파업은 했지만, 약국만큼은 영업을 했다. 이 약국에서 간단한 비스킷과 물을 팔고 있어 우리는 허기를 면할 수가 있었다.

그렇게 힘차게 걷고 또 걸었지만 해는 기울고 날은 저무는데 실리구리까지는 아직 절반도 더 남았단다. 너무나 힘이 들어 걷는다기보다 다리를 끌고 간다는 표현이 더 적절할지도 모르겠다. 이제는 더 걷지도 못하겠으며 당장에 배고픔과 잠자리가 더 걱정되는 순간이었다. 그러나 아들은 아무 말도 하지 않는다. 배고프다거나, 힘들다는 말없이 입만 꾹 다물고 있다. 이렇게 절망적인 상황 속에서도 우리는 걸음을 멈추지 않고 걸었다. 얼마 후 우리 앞에 작은 도시가 나타났다. 실리구리까지 절반 거리에 있는 작고도 작은 아담한 도시였다. 그러나 모든 상가는 문들 닫았으며 거리에는 사람의 모습도 보이지 않고 한산했다.

멀리에서는 인도 군인 수십 명이 바리케이드를 치고 검문검색을 하고 있을 뿐이었다. 나는 상황이 너무 절박했기에 평소에는 별로 반갑지 않은 군인들에게 도움을 청하기로 하고 검문소로 향했다. 설마 죄 없는 여행객을 잡아가지는 않겠지, 하는 생각과 함께 아들에게 말했다. "민형아! 저 군인들에게 가서 우리 사정을 이야기하고 숙소를 하나 구해 주든지, 먹을 것을 좀 달라고 사정을 해 봐라." 라고 했다.

그러나 이제 초등학교 3학년인 아들은 겁먹은 표정과 함께 "아빠, 저 군인 아저씨들이 무서워요."라고 했다. 그러나 다른 방법이 없었다. 겁먹은 아들을 달래고 어르자 아들은 머뭇거리면서 검문소 군인들을 행해 걸어갔다. 까만 피부에 M1 소총으로 완전무장한 군인들은 갑자기 나타난 까만 머리의 동양 소년에게 자기네들이 먼저 묻기 시작했다. "너는 지금 어디에

| 우리에게 도움을 준 검문소의 군인들

서 오느냐? 어디까지 가느냐? 여기까지 어떻게 왔으며, 무얼 타고 왔느냐?"
등 조그만 동양 소년에 대한 호기심을 표현했다.

인도 사람들, 특히 엘리트계층의 사람들은 영어가 능숙했다. 이제 초등
학교 3학년인 아들이 영어를 하면 얼마나 잘하겠는가? 손짓, 발짓을 섞어
더듬더듬 영어를 하자 지휘관인 듯한 사람이 묻는다. "너는 영어를 어디서
배웠느냐? 정말 너는 똑똑하고 귀여운 아이다. 너는 아무 걱정하지 말고 여
기에서 기다리면 내가 다 해결해 주겠다." 하시면서 아들의 어깨를 툭 치면
서 웃었다.

우리는 기다리기로 했다. 피곤한 우리는 검문소 밖에 배낭을 메고 누워
버렸다. 정말 무모한 행동이었다. 히말라야 산 능선 38㎞를 어린 아들을 데
리고 걸었던 오늘 하루가 꿈만 같고 여행을 너무 무리해서 한다는 게 얼마

나 어리석은 행동인지 새삼 느끼게 된다. 어느덧 날은 어두워지고 비까지 세차게 내리고 있다. 그러나 무슨 방법이 없다. 인도 군인 아저씨를 믿고 기다리는 방법뿐이다. 그 지휘관 군인은 어깨 위 견장에 별이 3개나 되는 꽤 높은 사람인 듯했다. 그러나 계급 체계가 우리나라와 달라 장군은 아닌 듯했다.

엎친 데 덮친 격으로 비까지 내린다. 이 상황에 실리구리까지 간다는 건 불가능해 보였다. 오늘 밤 어디에서 편한 잠이라도 잤으면 좋겠다는 생각을 하며 배낭에 기대어 잠깐 잠이 들었다. 그런데 잠결에 검문소 안이 갑자기 시끄러워졌다. 호기심에 나와 아들은 검문소 안으로 들어가 상황을 보기로 했다. 검문소 안에는 남루한 차림의 젊은 청년 하나가 붙들려 와서 지휘관의 취조를 받고 있었다. 그 사람들의 말은 인도 말이었기 때문에 우리가 알아들을 수는 없었지만, 분위기와 표정 등 모든 걸 종합해 볼 때, 사연은 이러했다. 그 청년은 그곳에서 경운기를 개조해 만든 차로 택시 영업을 하는 사람인데, 오늘은 파업이 시작되는 날이기에 택시를 운행하지 않고 있었다. 그런데 그 도시에서 실리구리로 가는 길은 능선을 타고 아스팔트 길로 가는 좋은 길과 곧바로 산골짜기로 내려가는 비탈지고 위험한 지름길뿐이라 젊은 청년은 불법인 줄 알면서도 군인들의 눈을 피해 급히 실리구리로 가는 사람들을 태워주는 불법 영업을 하다 군인들에게 붙들려 온 것이다.

나중에야 안 일이지만 인도에서 군인들의 힘은 막강했다. 잘못을 저지른 범법자에게는 무지막지하게 발길질을 하고 곤봉으로 때리는 등 우리나라에서는 상상도 하지 못할 정도의 폭력을 일상적으로 휘두르는 것을 보았다. 그러니 지휘관 앞에 붙들려온 젊은이는 고양이 앞에 쥐처럼 벌벌 떨고 있었다. 그러한 청년에게 지휘관은 이렇게 말하는 듯했다. "너 지금 영창에 들어갈래? 그렇지 않으면 여기 두 사람을 실리구리까지 태우고 갈래?"하고, 우리를 가리켰다. 그 사람은 선택의 여지가 없었다. 우리를 태우고 가기로 했다. 비는 억수같이 쏟아지고 밤은 어두운데, 우리는 그 경운기를 개조한 트럭을 탔다. 친절하게도 지휘관은 자기 부하 한 명을 동승시켰다. 우리를 무사히 데려다주고 오라는 너무나도 고마운 지휘관의 배려였다.

 ## 히말라야 골짜기를 내려오며

M1 소총으로 완전무장한 군인과 함께 억수같이 쏟아지는 빗속을 경운기를 개조한 트럭은 출발했다. 그러나 골짜기를 내려가야 하는 비탈길은 생각보다 더욱 위험하고 가팔랐다. 칠흑 같은 어둠 속에서 10m 앞도 제대로 보이지 않는 낡은 라이트는 앞을 밝게 비추지도 못했으며 좁고 험한 비탈길은 차가 똑바로 내려가지도 못할 만큼 완전히 Z형 모양의 길이었다. 앞으로 조금 직진한 후 다시 후진, 그리고 다시 직진, 후진을 거듭하며 차는 내려가고 있었다. 악천후 속에서 후진할 때는 간담이 서늘해지며 손이 후들후들 떨려서 나와 아들은 서로의 손을 꽉 잡으며 눈을 감았다. 조금만 잘못하면 천 길 낭떠러지로 굴러떨어질 것만 같은 위험한 차에 탄 것을 뼈저리게 후회하며 마음속으로 하나님만 수없이 부르고 있었다. 그러나 그 젊은 운전기사는 조금도 당황하지 않고 침착하고 노련하게 비탈길을 조금씩 내려와 실리구리 시내에 진입하게 되었다.

정말 믿을 수 없는 일이었다. 우리가 하루종일 걸었던 만큼의, 약 37㎞를 아무리 지름길이라 하지만 1시간 만에 내려오다니 나는 꼭 마법 속에서 깨어난 듯한 기분이었다. 실리구리의 지리와 내용을 잘 알고 있는 운전기사는 시내에 있는 리조트 식으로 지어진 깨끗하고도 아름다운 호텔에 우리를 내려 주었다. 나는 그렇게도 위험하고 험한 비탈길을 무사히 내려와 준 기사에게 500루피를 주었으며 우리를 호위해 준 군인에게도 500루피를 주며 고마움을 표시했다. 두 사람은 너무도 기뻐하며 거수경례를 하면서 다시 왔던 길로 돌아갔다. 참고로 말씀드리면 1루피는 주식인 '짜파티빵'을 1개 살 수 있는 돈이었기에 500루피는 적은 돈이 아니었다.

그날 밤 나와 아들은 오늘 하루 겪은 고생과 공포를 무사히 넘기고 좋은 호텔에 도착했다는 즐거운 마음에 조금은 비싼 튀김 통닭을 시키고 나는 맥주를, 아들은 펩시콜라를 한 잔씩 따라서 브라보를 외치며 피로에 지친

@m_hyeok

| 히말라야를 넘는 트럭

몸과 마음을 달래었다. 참고로 인도에는 코카콜라는 없으며 주로 펩시가 많이 팔리고 있었다.

다음 날 아침 우리는 서둘러 콜커타로 향했다. 콜커타 공항에 도착한 우리는 무사히 비행기를 탈 수 있었다. 우리가 탄 비행기는 타이항공 여객기였기에 방콕을 거쳐 서울로 가는 비행기였다. 이튿날 무사히 대구에 도착한 후 그리던 가족을 만날 수 있었고, 이튿날 아들은 학교에 무사히 등교했다.

여행 중에는 고생도 하게 되고 생각지도 못한 난관에 부딪히는 게 일상이지만, 이번 여행만큼은 특별히 오래오래 기억에 남는 여행이 될 것이다.

2

4개국 여행

중국, 티베트, 네팔, 인도

라싸로 가던 도중 히말라야에서 만난 아이들

| 고구려의 수도 국내성의 옛 성벽

4개국 여행의 시작

　여행한 많은 나라 중에서도 중국은 조금 특별하다. 그 당시만 해도 중국이 발전하지 못한 때였기 때문에 사람들이 찾지 않은 오지가 많고, 말이 다른 소수 민족이 많이 기억에 남는 특별한 경험들을 하게 해 준 곳이기 때문이다. 중국으로 들어가는 루트는 여러 가지가 있다. 인천에서 배를 타고 가는 방법, 비행기를 타고 북경으로 가는 방법, 그리고 보따리상들이 대부분 많이 이용하는 속초에서 출발하는 방법 등이 있다. 이 루트는 속초를 출발, 러시아를 통해 중국 훈춘으로 들어간다. 배 이름은 동춘호이고, 본

사는 서울에 있다. 동춘호 본사에 전화를 걸어 여러 가지 여행 정보를 문의한 결과 러시아 통과 비자와 중국 입국 비자 등 모든 것은 동춘호 본사에서 처리해 준다고 했다.

배표는 편도 표를 샀다. 중국을 거쳐 티베트, 네팔, 인도를 여행하고, 들어올 때는 인도 뉴델리에서 비행기를 타야만 했기 때문이다. 설레는 마음에 여러 가지 여행 준비를 마치고 드디어 속초에서 아들과 나는 동춘호에 승선했다. 오후에 속초 항구를 떠난 동춘호는 이튿날 러시아 항구에 우리를 내려 주었다. 항구에는 회사에서 마련한 관광버스들이 대기하고 있다가 배에서 내리자마자 우리를 태웠다.

우리는 러시아 입국비자가 아니고 통과 비자이기 때문에 버스는 곧장 러시아 이민국 출국장에서 우리를 내려 주었다. 간단한 출국심사를 마친 우리는 타고 온 관광버스에 다시 타고 중국 국경도시 훈춘으로 향했다. 국경도시 훈춘은 생각보다는 사람도 많고 빌딩도 많아 우리를 어리둥절하게 했다.

중국 국경에 도착하니 보따리상들이 가지고 온 보따리를 받으러 나온 중국 사람과 보따리상들이 뒤엉켜 금방 번개시장처럼 매우 복잡했다. 우리나라 보따리상들은 중국 상인들이 마련해 온 중국 농산물 보따리를 받아들고 다시 한국으로 출발한다. 수입이 어느 정도인지는 잘 모르겠지만, 당일 다시 돌아가는 보따리상들이 너무도 힘들어 보여 마음이 너무 무거웠다.

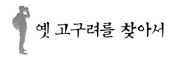

옛 고구려를 찾아서

　이번 여행의 일정은 두만강을 따라 내려가다 고구려의 옛날 유적지 고분벽화, 백두산, 압록강을 거쳐 베이징으로 가도록 계획하고 있어서 두만강 국경도시 도문으로 향했다. 우리나라 노래 가사 말에 '두만강 푸른 물에 노젓는 뱃사공'이라는 가사가 있다. 나와 아들은 푸른 물이 넘실거리고 노젓는 뱃사공을 생각하며 두만강 강가로 향했다. 그러나 우리 앞에 나타난 두만강은 생각했던 것보다 너무나 초라했다. 두만강은 넓고 큰 강이 아니고 실개천처럼 물이 조금 흘렀다. 강가 나무 밑에는 가족, 친구들과 놀러 나온 사람들이 음식과 술을 나누어 마시고 춤도 추고, 노래도 부르며 흥겹게 놀고 있었다. 인심좋게 지나가는 우리에게 음식과 음료수를 나누어 주기도 했다.

　우리는 두만강 가장 가까운 곳까지 들어갔다. 조금이라도 가까이에서 북한 쪽을 바라보기 위해서였다. 그곳에서 바라본 북한 쪽은 아무것도 보이지 않고 군데군데 세워진 북한군 초소만 보일 뿐이었다. 경비를 서고 있는 경비병과 우리 사이는 불과 100여 미터밖에 되지 않는 것 같았다. 큰 소리로 말하면 들릴 것만 같아 나는 경비병을 향해 큰소리로 외쳤다. "아저씨, 안녕하세요! 수고합니다." 여러 번 말을 했지만, 총을 들고 있던 경비병은 아무 말도 하지 않고 물끄러미 우리 쪽만 바라보았다. 그 경비병은 무슨 생각을 하고 있을까? 세계에서 유일하게 분단국가라는 우리의 현실을 어린 아들은 어떻게 느끼고 있을지, 무척이나 안타깝고 부끄러운 현실이었다.

　도문을 떠나 고구려의 유적지가 많은 지안으로 떠났다. 고구려 '고분벽화'가 그려져 있다는 고분 밖에는 철조망이 엉성하게 처져있었지만, 고분을 관리하는 사람은 친절하게 고분으로 들어가 벽화를 둘러보는 것을 허가했다. 그때만 해도 고분 안으로 들어갈 수 있었는데, 지금은 아무도 들어갈 수 없다고 한다. 참으로 안타까운 일이 아닐 수 없다. 고분 구경을 마친 우리는 그 유명한 '광개토대왕비'를 보러 발걸음을 재촉했다. 학교에서 배웠던 그대로의 모습이었고 크고 웅장했다. 대왕비를 손으로 쓸어 만져보고 그 옛날 고구려 시절 사람들의 손길을 느껴보고 조그맣게 만들어 놓은 대왕비 모조품을 하나 사 들고 다시 장수왕릉으로 향했다.

장수왕릉은 규모가 큰 바위 돌로 둘레를 쌓았으며 무덤 안 석실과 관을 눕혀 놓았던 직사각형의 바위는 무덤이라기보다는 궁전에 가까울 정도로 넓고 웅장했다. 옛날 장수왕께서 세상을 떠나 영면하셨을 그 자리에 관광객들은 누워보고 사진도 찍고 그랬었다. 그러나 이곳 역시 지금은 들어가볼 수 없다고 한다.

그곳 외에도 지안에는 우리에게는 알려지지 않고 있었던 고구려의 유적지가 많았으며 아파트 사이로 조금밖에 남아 있지 않은 성곽 모습은 신기할 정도로 우리 마음을 흔들었다. 아들의 교육과 역사 공부를 위해 지안에 오게 된 걸 하나님께 감사하며 지안을 떠나 드디어 백두산으로 향했다.

백두산에서의 만남

백두산을 가기 위해 조선족이 모여 사는 '이도백화'로 향했다. 이도백화는 백두산을 여행하는 사람들이 모여서 출발하는 전초기지이기도 하였다.

| 백두산 정상에서

그곳에 있는 게스트하우스에서 인천에서 보따리상인들에게 필요한 모든 물품을 도매하고 계시다는 이영수 씨를 만났다. 그분도 중국은 사업차 여러 번 왕래했지만, 백두산은 이번이 처음이시란다. 우리 세 사람은 내일 같이 백두산에 오르기로 하고 이영수 씨가 사업차 친분이 있다는 박 포수 집을 방문하게 되었다. 조선족인 박 포수는 백두산에서 사냥을 해서 먹고사는 직업을 가지고 있었다. 그때가 8월이었는데, 한창 더울 때인데도 박 포수의 집 창문에는 비닐로 방풍을 해놓았고, 가마솥 2개와 무엇 살림살이는 안방에 있었다. 백두산의 험하고 추운 날씨에 적응해 살아가는 조선족의 실제 생활 모습을 경험하게 되어 마음이 설레기도 했다.

우리에게 박포수는 자기가 잡아서 남겨 놓은 노루고기를 요리해서 고량주와 같이 대접했다. 너무도 맛이 있고 푸짐한 만찬이었다. 그때 내 느낌은 인천에서 크게 무역업을 하는 이영수 씨에게 박 포수가 신세를 많이 지고 생활하는 것 같았다. 덕분에 우리는 함께 대접을 받아서 미안하기도 하고 고마웠다.

이튿날 우리는 이도백화 여행사에서 운행하는 지프를 타고 백두산 정상을 향해 출발했다. 8명이 타게 되어 있는 지프는 한 사람당 얼마씩 돈을 받고 정상을 왕복하는 크고도 튼튼하게 개조된 차였다. 정상으로 향하는 길은 비교적 잘 포장된 아스팔트 길이었다. 그러나 내가 상상했던 것보다 더 멀고 넓고 웅장했다. 백두산이 내리 뻗은 산자락 능선은 수십 킬로미터였으며 가는 도중에 수많은 마을과 울창한 숲을 지나야만 했다. 백두산이 점령하고 있는 토지가 얼마나 넓은지 상상하기조차 힘들 정도로 넓었다.

우리나라 제주도 한라산이 제주도 전체를 감싸 안고 있는 것과 비교해보면 백두산의 크고도 웅장함은 아무리 생각해도 어림이 가지 않을 만큼이다. 정상에 어느 정도 도착하여 우리는 차에서 내려 걸어서 가야 했다. 중국 정부에서 산의 훼손을 막기 위해 내린 조치란다.

우리는 얼마를 걸어서 드디어 백두산 천지에 도착했다. 처음에 천지를 보았을 때는 아름답기보다는 한눈에 다 들어오지 않는 넓이에 입을 다물 수가 없으며 심장이 멈출 정도의 충격, 그 자체였다. 아늘과 나는 천지를 배경으로 많은 사진을 찍었다. 그 시절의 카메라는 크고 무거운, 일명 코끼리 카메라였다. 필름을 교환해야 하는 불편하고 무거운 카메라이었지만 그 당시는 엄청 귀한 물품에 속했다.

정상 구경을 마친 우리는 백두산 물이 흘러넘치며 폭포를 이루는 백두산 천지 폭포로 향했다. 폭포 밑에서 떨어지는 물줄기를 바라보는 우리는 크고 많은 물이 떨어지며 내는 큰소리에 환호성을 질렀다. 여행은 인위적으로 사람이 만들어 놓은 것보다 자연이 만들어 놓은 모습을 볼 때 더 큰 감명과 느낌을 받아 즐거운 것 같다.

폭포 구경 후 조금을 걸어 내려오니까 백두산 온천이 있었다. 김이 무럭무럭 나는 야외 온천공에서 달걀이 삶아지는 게 그때만 해도 신기하기만 하고 그냥 흘러넘치는 뜨거운 온천수가 아깝기만 했다. 아들과 함께 저렴한 입장료를 내고 오랜만에 따뜻한 온천물에서 여행의 여독을 풀 수 있었다. 조금 더 밑으로 내려오니 백두산 천지에서 흐르는 천지의 물로 백두산 토종 물고기를 양식하는 양식장이 있었다. 이창수 씨는 그곳에서 배낭 여행자에게는 맞지 않는 물고기 요리를 많이도 사 주셨다.

우리 아들도 나중에 커서 그분처럼 남에게 베풀며 사는 사람이 되었으면 좋겠다고 생각을 했다. 그곳에서 이창수 씨는 귀국을 위해 단둥으로 떠나시고 우리는 여행을 위해 계속 갔다.

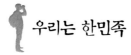

우리는 한민족

백두산을 기점으로 지금까지는 두만강 쪽으로 따라왔지만, 지금부터는 압록강이 시작되는 것이다. 압록강은 두만강과 비교가 되지 않는다. 넓이와 수량은 많은 배가 다닐 정도로 규모가 컸다.

유람선이 다니고 많은 사람이 보트를 타고 있는 압록강 강가 선착장에 도착한 우리는 거금을 투자해서 조그만 배를 1시간 대절했다. 우리를 태운 배는 맑고 투명한 압록강 가운데로 향했다. 우리가 배를 탄 곳은 중국이며 강 건너는 북한 땅이었다. 그때까지만 해도 나는 강에도 한가운데 국경선이 있는 줄 알았다. 그러나 뱃사공의 말로는 중국 배나 북한 배나 운행은 자유롭게 할 수 있고, 상대방의 땅에만 내리지 않으면 된다고 했다. 참으로 신기하기도 했으며 처음 해 본 경험이었다.

뱃사공은 신기해하는 우리를 북한 쪽 가까이까지 향했다. 북한 쪽에는 조그만 꼬마 남자아이들이 수영하고 있었다. 우리가 손을 흔들며 "안녕! 꼬마야!"라고 말을 건네자 부리나케 밖으로 도망을 가듯 나가더니 물 밖에서 돌멩이를 우리에게 향해 던지며 "이 간나 새끼들 물러가라"며 쌍욕을 마구 하는 것이었다. 우리가 한국 사람이라는 걸 알았기 때문이란다. 나는 무섭기도 하며 분단의 시대를 살아가는 어린아이까지 무조건 상대방을 미워해야만 하는 현실이 너무나도 안타까웠다.

| 압록강에서 본 북한 어린이의 모습

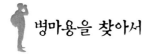

병마용을 찾아서

우리는 체험학습 15일, 방학 약 35일, 총 50일간 예정으로 티베트, 네팔, 인도를 거쳐야만 했기 때문에 여행의 속도를 빨리 진행했다.

단동역에서 기차를 타고 베이징에 도착 후 이튿날 자금성, 만리장성을 둘러보고 병마용 갱이 출토된 진시황 능을 향해 시안으로 향했다. 그러나 중국에서는 기차표를 구하기가 정말 힘들다. 역 매표소에서 표를 사는 건 외국인은 거의 불가능했고, 암표를 사거나 주변 여행사에서 높은 수수료를 주고 사야만 되는데, 암표는 가짜가 너무 많단다. 너무나 정교하게 만들어진 암표는 전문가도 쉽게 구별하기 어렵다고 해서 우리는 조금은 부담이 되었지만, 수수료를 내고 여행사에서 샀다.

베이징 역은 기차 앞번호 숫자에 따라서 출발하는 곳이 다르다. 다행히도 우리는 여행사에서 표를 샀기 때문에 직원의 친절한 안내에 따라 쉽게 시안으로 출발하는 열차에 탈 수가 있었다.

시안에 도착한 우리는 깨끗하고 저렴한 숙소를 다행히도 빨리 구할 수가 있었다. 짐을 푼 우리는 즉시 지역의 재래시장을 찾아 나섰다. 자유여행의 장점은 내가 가고 싶은 곳 어디든지 마음대로 갈 수 있으며, 현지인들이 사는 모습을 보고 체험할 수 있다는 것이 제일 좋은 점이다. 그런 체험을 하기 위해서는 재래시장이 제일이다. 시장에는 많은 사람을 만날 수가 있으며 맛있는 음식을 저렴하게 먹을 수가 있어 처음 여행지에 도착하면 제일 먼저 그 지역의 재래시장을 찾아가는 게 의례처럼 되어 있었다.

시안 시장에서 접해 본 음식은 백두산 근처 연길 쪽에서 맛본 음식과는 또 다른 맛이다. 중국은 대륙이다. 그래서 그곳에 거주하는 민족에 따라 음식 맛도 다른 것이다. 아들과 나는 시장에서 저렴하고도 맛이 있는 여러 가지 음식을 먹을 수 있었다. 우리는 이튿날 병마용 갱이 있는 곳으로 출발했다. 그곳에서 여행사를 통하면 투어 상품을 이용할 수도 있었으나 단체관광은 나의 생리에 맞지 않아 조금 고생하겠지만, 다양한 체험을 할 수 있는 로컬버스에 몸을 실었다.

병마용 갱에 도착해서 세계문화유산으로 등재된 병마용을 보기 위해 실내도 들어갔다. 들어가는 입장료는 생각보다 훨씬 비쌌다. 가난한 자유 여행자들에게는 만만치 않게 큰돈이었지만, 시간이 지나고 나면 그 돈이 아깝지가 않다는 생각을 하게 된다. 꼭 살아있는 것 같은 모습을 한 병마용의 모습이며 옛날 진나라 시절 절대 권력을 누렸던 시황제 시절로 되돌아간 듯한 유물들은 정말로 감탄을 할 수밖에 없다. 그런데 아직도 발굴하지 못한 갱들도 있으며 정작 시황제의 능은 여기에서 1.5㎞ 떨어진 곳에 있어 발굴은 시작도 하지 못했다고 한다.

시황제의 능까지 전부 발굴을 하려면 앞으로 50년은 더 걸린다니 놀라운 일이 아닐 수 없다. 아침 일찍 출발하여 오후 늦게야 시안성의 숙소로 돌아왔다. 오는 길에 양귀비의 무덤이 있다는 곳에도 가보고 싶었지만 일정이 너무 빠듯해서 다음 기회로 미루고 왔다. 저녁에 우리는 숙소를 나와 회족들이 모여 장사를 하는 야시장에 갔다. 하얀 모자를 눌러 쓴 회족들은 자기 민족의 특성이 있는 음식을 만들어 팔고 있었는데, 꼬챙이에 끼워 숯불에 구운 양고기와 밀가루 반죽에 야채와 고기를 넣고 호떡처럼 구운 빵이 우리 입에도 맛이 있었다. 길게 줄을 선 사람들 뒤에 서서 한참을 기다린 후에 먹을 수가 있어 더욱 맛이 있었다.

둔황으로

　다음 여정은 시안에서 약 1,000㎞ 떨어진 '막고굴벽화'로 유명한 '둔황'이었다. 그러나 1,000㎞를 기차로 가려면 며칠이 걸리기 때문에 둔황까지는 비행기로 이동하기로 했다.

　며칠을 열악한 기차에서 고생하는 거에 비해 비행기 표는 많이 비싸지도 않았다. 아들은 고생하지 않고 비행기를 타게 되어 그냥 기분이 좋은 모양이다. 둔황에 도착해 이튿날 일찍 시내에서 차로 약 10분 거리에 있는 명사 산모래사막으로 향했다. 난생처음 타보는 낙타는 타고 가는 게 생각보다는 힘이 들었으며 털이 따가워 많이 불편했고 돈을 아끼려고 나와 아들 둘이서 한 마리에 같이 타 더욱이나 힘이 들었다.

　옛날 대상들은 어떻게 뜨거운 사막을 종일 낙타를 타고 다녔는지 궁금하다. 명사산에는 1,000년 동안이나 마르지 않았다는 '월아천'이라는 오아시스가 있다. 초승달처럼 예쁘다고 해서 이름 지어진 월아천은 모래사막 가운데서 맑은 물을 간직하는

| 둔황 막고굴 앞에서 아들과 함께

게 세계 8대 불가사의 중 하나라고 한다.

이튿날 시내에서 약 30분 떨어져 있는 막고굴로 향했다. 명사 산 남쪽 끝에 있는 절벽에 굴을 파고 불상을 세우고 벽화를 그려 불교 문화예술을 꽃피웠으며 17호 막고굴은 신라 시대 혜초 스님의 기행문 왕오천축국전이 발견된 곳이기도 하다. 벽화가 화려하고 섬세한 모습으로 지금까지 보존된 것은 둔황의 날씨가 건조한 사막의 기후이기 때문이기도 하다니 더욱 놀랍고 반가운 일이다. 그때만 해도 어느 막고굴이나 자유로이 들어갈 수가 있었으며 벽화를 가까이서 만질 수도 있고 감상할 수가 있었는데 지금은 굴 몇 개만 개방하고 경비가 삼엄하여 카메라조차도 휴대하지 못하게 한다니 그때 구경을 한 우리는 '행운아'였다는 생각이 들기도 한다.

 라싸로 출발

바쁘게 둔황 관광을 마친 우리는 '티베트 라싸'로 들어가기 위해 라싸로 가는 관문인 거얼무로 향했다. 버스로 약 7시간을 달려 '거얼무'에 도착해서 숙소에 짐을 풀었다. 당시만 해도 라싸로 가기 위해서는 청도에서 라싸까지 비행기로 들어갔다. 비행기로 나오는 방법밖에 없었다. 외국인들의 자유로운 도보 여행은 사실상 금지되고 있었다. 티베트 사람들에게 세상 소식을 전하고 인도에 망명해 있는 '달라이 라마'의 소식과 사진을 전하며 유언비어를 퍼뜨린다는 이유에서이다. 그러나 나는 거얼무에서는 잘만하면 버스로 라싸를 갈 수 있다는 정보를 듣고 거얼무에 들어간 것이다. 아니나 다를까 밤이 되니깐 숙소 근처에는 브로커들이 모여들어 라싸를 가지 않느냐고 물으며 자기들이 안전하게 보내 주겠다며 유혹을 한다.

나는 그중에서도 제일 마음이 좋아 보이고, 인상이 좋은 중년 남자에게 부탁하기로 했다. 흥정을 마친 그 남자는 이튿날 숙소 앞으로 우리를 마중 나와 있었다. 그 남자가 인도하는 대로 라싸로 출발하는 버스 정류장 근처에 머물며 그 사람이 버스표를 가져오기만을 기다렸다. 버스에 타기 전 검문만 피하면 한국 사람 모습이 중국 사람과 비슷해 검문을 피할 수 있으며 재수가 없어 검문에 걸려도 공안들에게 뇌물을 주면 통과가 된다는 말도 해 준다.

브로커가 아는 공안이 승차 검문을 하는 버스를 기다려 그 남자는 버스표를 가져다준다. 우리는 브로커에게 적지 않은 수수료와 푯값을 지급하고 무사히 버스에 승차하게 된다. 버스는 2층으로 되어 있는 버스였으며 거얼무에서 티베트 라싸까지는 1박 2일을 가야만 하는 별로 빠르지 않고 튼튼하지도 않은 현지인들만이 타고 다니는 낡은 버스였다.

| 히말라야 산맥 골짜기에서 만난 아이들과 함께   @heohyuk

로컬 버스의 매력

그렇게 정류장을 출발한 버스는 시내를 벗어나 유목민들이 양을 치는 초원을 달려가고 있었다. 참으로 평화스러운 초원의 경치와 양 떼들을 보며 약 4시간을 달려서 어느새 석양이 지고 있었다. 그런데 뜻밖의 사고가 생긴 것이다. 달리던 버스가 갑자기 덜컹거리다가 멈추어 선 것이다. 운전사는 걱정하지 말고 잠깐만 기다리며 차 안에 있으란다. 그런데 차를 수리하던 운전사는 한 시간이 넘어도 차를 고치지 못하고 있었다. 눈치를 보니, 난감해하는 표정이었다. 차가 수리되기만 기다리던 우리에게 운전사는 여기에서는 차를 고칠 수가 없으니 거얼무까지 가서 고쳐와야겠다며 뜯어놓은 엔진을 어깨에 메고 지나가는 트럭을 타고 거얼무로 떠나 버렸다. 참으로 황당한 일이 아닐 수 없다.

| 지붕을 흙으로 다지는 장족들과 함께

@SEOSOM_

아무런 인적과 건물이 없는 초원 한복판에서 기약 없이 떠난 운전사를 기다려야만 했다. 그러나 그 사람은 밤이 깊어도 나타나지 않고 이튿날 아침 10시쯤 돼서야 고친 엔진을 메고 나타났다. 아무렇지도 않다는 듯 태연한 표정이었다. 그뿐만 아니라 기다리던 중국 사람들 역시 그때라도 와준 기사에게 고마운 표정들이다. 나중에야 중국에서는 이러한 일들이 너무도 많이 일어난다는 것을 알게 되었다.

다시 버스는 출발했고 차창 밖으로 눈이 시리도록 파란 코발트 빛 하늘과 옛날 어렸을 때 보았던 하얀 목화솜 같은 뭉게구름은 어떻게 표현할 수 없을 만큼 큰 감동을 주었다.

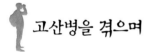

고산병을 겪으며

드높은 천산산맥을 가로질러 라싸로 들어가는 길은 멀고도 험했다. 평균 해발만 2,500m 이상인 산 능선과 골짜기를 오르내리며 달리는 버스 여행은 생각했던 것보다 힘들고 피곤했다. 고산지대이기 때문에 호흡도 약간은 힘들었으며 머리도 아프기 시작했다. 얼마 지나지 않아 드디어 아들이 두통을 호소하기 시작하더니 구역질을 하기 시작한다. 아마도 피로가 누적되고 고산지대에서 오래 버스 안에 갇혀 있다 보니 '고산병'의 시작일지도 모르겠다는 생각에 두려운 생각도 들기 시작했다.

우선은 물을 먹여 보았지만, 차도는 없고 나중에는 물도 잘 마시지 못하고 두통만 계속 호소를 한다. 참으로 난감한 지경이다. 급한 나머지 나는 운전기사에게 다가갔다. 말이 통하지 않는 기사에게 나는 손짓, 몸짓, 중국

말을 섞어가며 아들의 상태를 호소했다. 그러자 그 기사는 차 앞에 놓인 상자 안에서 하얀 가루약이 든 봉투를 주는 것이었다. 나는 그 가루약을 아들에게 물과 함께 먹이며 하나님께 기도했다. 하나님, 우리 아들을 보살펴 주십시오. 간절한 마음이 통했는지 시간이 지나자 아들은 거뜬히 좋아졌다. 정말로 좋은 약이었다. 버스를 운행하다 보면 그런 환자가 가끔은 생기나 보다. 그래서 차 안에는 비상약이 있었던 것이었다. 너무나 효과가 금방 나타나서 혹시 '마약이 아니었을까?'하는 생각도 해보며 씁쓸한 웃음을 혼자 지었다. 다시 편안하고 즐거운 여행은 계속되었다.

그런데 얼마 지나지 않아 또 사고가 생겼다. 버스가 또 멈추어 서버린 것이다. 불행 중 다행히도 이번에는 규모가 꽤 큰 마을 한복판에서였다. 마을 공터에 차를 세운 기사는 엔진을 뜯어 다시 수리하기 시작한다. 아마도 몇 시간은 족히 걸릴 것 같은 상황이다.

 고마운 현지인들

나는 지루함을 달래기 위해 아들과 같이 마을 탐방에 나섰다. 그 마을은 약간의 농사와 양과 소를 초원에서 키우는 목축업을 하는 사람들이 모여 사는 마을이었다. 우리는 굴뚝에서 하얀 연기가 모락모락 피어나오는 집 대문으로 들어섰다. "니하오, 니하오"하며 중국말로 사람을 부르자 안에서 아주머니 한 분이 나오시면서 우리를 반갑게 맞아 주신다. 방안에는 소똥으로 피우는 화톳불 난로 위 주전자에서 물이 펄펄 끓고 있었다. 마음

| 소녀와 어머니와 함께 차를 마시는 모습

씨 좋은 아주머니는 우리에게 소젖과 찻잎을 섞어서 만든 맛있는 차를 대접해 주신다. 우리는 고마운 마음에 맛있게 마시며 한 잔 더 주시는 넉넉한 아주머니 호의에 너무도 감사하고 기뻤다.

잠시 후 그 집안의 딸이 커다란 바구니에 소똥을 가득 주워서 머리에 이고 들어온다. 이방인과 마주친 소녀는 얼굴이 빨개지며 부끄

@heohyuk

| 우리가 떠날 때 길모퉁이에서 숨어서 바라보는 소녀

러워 고개를 숙인다. 아주머니께서 말씀하시기를 이 마을이 생긴 이래 외국인이 들어오기는 우리가 처음이란다. 그 당시에 우리는 비디오카메라를 가지고 있어서 카메라로 찍어 보여주니까 너무도 신기해하며 감탄하는 모습이 지금도 잊히지 않는다. 시간이 지나 우리는 친절한 아주머니께 인사를 하고 그 집을 나섰다. 한참을 오다 뒤돌아보니까 그 집 소녀가 멀리 골목길 모퉁이 돌담 뒤에서 머리만 살짝 내밀고 우리에게 손을 흔든다. 정말로 뜻하지 않게 차가 고장 나는 바람에 아름답고 소중한 추억 하나를 가슴에 안고 우리는 달려간다.

 ## 라싸에 도착하다

티베트의 수도 라싸로 우리를 태우고 가던 버스는 달리다 고장 나서 또 달리다 타이어가 터지고 이러기를 몇 번이나 반복한 끝에 2박 3일 만에 우리를 라싸에 내려 주었다. 꿈에도 그리던 라싸에 드디어 온 것이다. 우리는 많은 배낭여행자가 머무는 곳에 숙소를 정했다. 그곳에는 유럽인들이 많이 머물고 있어 여러 가지 정보를 많이 얻을 수가 있어서 좋았다. 어떤 여행객은 라싸가 너무 좋아서 보름 또는 한 달씩 장기간 머무는 사람도 많았다.

이튿날 우리는 역대 달라이 라마의 여름 궁전인 '포탈라 궁'으로 향했다. 역대 달라이 라마들의 미라가 함께 전시된 궁 안은 조금은 음산한 기분도 들었지만 오랜 역사의 유물들도 함께 볼 수 있어 좋았다. 포탈라 궁 광장에는 중국 국기인 오성홍기가 바람에 휘날리며 침략자의 위용을 뽐내며 티베트를 짓누르고 있는 것 같아 조금은 씁쓸하다. 우리는 부지런히 걸어서 라싸 시가지 골목골목을 누비고 다녔다.

고생도 많이 하고 거리도 우리나라에서 수천 ㎞를 달려 좀처럼 오기 힘든 티베트의 모습을 더 많이 기억하기 위해서였다. 저녁때 숙소로 돌아온 우리는 근처에 있는 모처럼 멋지고 근사한 티베트 전통 레스토랑에 갔다. 그곳에서 두툼하고 맛있는 스테이크와 나는 맥주, 아들은 콜라를 마시며 여행의 피로를 잠시나마 잊으며 분위기를 즐겼다.

레스토랑 안에는 우리 말고도 손님이 많았다. 우리 옆 테이블에 앉아 있는 남자 3명, 여자 2명의 티베트 사람, 차이나 은행 라싸 지점에 근무한다는 젊은이들과 합석을 하게 되었다.

서로 통성명을 하고 이야기를 나누며 맥주를 조금 많이 마시게 되었는데 기분이 좋아진 그들은 그들의 조국이 침략자가 지배하고 있다는 걱정을 토로하며 우리는 "NO 차이나, NO 차이나"하고 큰소리로 외쳐댔다.

식민지 경험이 있는 우리나라와 비슷해 동병상련의 기분에 우리는 함께 손뼉을 치며 노래를 불렀다. "깊어가는 가을밤에 낯선 타향에……." 노래 제목 여수와 "잘 가세요. 잘 있어요……." 초등학교 졸업식 때 불렀던 환송가는 세계인의 노래인 것 같다. 아마도 그 노래를 수십 번은 반복했던 것 같다. 취한 기분에 그 친구들과 내일 또다시 만나기로 하고 우리는 헤어져 숙소로 돌아왔다.

이튿날은 '조캉사원'으로 향했다. 몇 달을 거쳐 오체 투지를 하며 사원을 찾는 티베트 인들은 평생의 소원이 '조캉사원'을 찾는 것이란다. 그래서인지 몰라도 사원에는 그야말로 인산인해다. 참배객들이 피우는 향냄새와 들려오는 불경 소리는 정신이 없을 정도다. 중국 공주가 시집올 때 가져 왔다는 불상 앞에는 사람이 들어갈 수가 없다. 티베트 인들의 부처를 향한 불경과 믿음은 상상할 수 없을 만큼 대단한 것 같다.

 ## 맑은 영혼의 아이들

여행 일정상 네팔로 들어가야 하는 우리는 네팔로 가기 위해 차를 수소 문했다. 현지인들이 이용하는 버스는 타지 못하게 되어 있어 중간에 공안 에 걸리면 벌금과 함께 되돌아와야만 한단다.

여러 곳의 여행사에 부탁했는데 차의 정원이 차야 출발을 하므로 연락을 할 때까지 기다리란다. 며칠을 더 라싸에 있어야 했다. 숙소 앞 골목에는

| 달라이 라마의 여름 궁전인 포탈라궁 앞에서

아침이면 조그맣게 새벽시장이 열리곤 했다. 시장 구경을 좋아하는 나는 아침 일찍 새벽시장에 가 보았다. 그곳에는 현지인들이 농사를 지은 싱싱한 채소와 콩, 보리, 쌀 등 곡물들을 가지고 나와서 팔고 있었다.

장사하는 사람 중에 나이는 열 살 남짓 들어 보이는 조그마한 소녀가 자기 텃밭에서 가꾼 듯한 오이 몇 개, 감자, 상추 등을 가지고 와서 팔고 있었다. 우리나라 같으면 학교에 가야 하고 부모님에게 어리광을 피울 나이에 채소를 팔고 있었다. 착하고 귀여운 그 소녀 옆에 앉아 장사하는 모습을 지켜보았다. 그 이튿날 아침에도 역시 그 소녀는 똑같이 채소를 팔러 나왔다. 두 번째 만난 소녀는 나에게 살짝 미소를 지어 주며 앉으라는 듯 자기 옆자리를 살짝 내어 준다. 오가는 사람과 물건을 흥정하는 사람들을 지켜보고 있는 나에게 그 착한 소녀가 말없이 오이 하나를 내민다. 나는 손을 내저으며 사양을 했으나 그 소녀는 오이를 끝까지 나에게 주고 말았다. 그 소녀의 따뜻한 마음을 느끼며 아들과 나는 오이를 맛있게 먹었다.

이틀 후 여행사에서 연락이 왔다. 인원이 채워져서 내일이면 네팔 국경으로 갈 수 있단다. 이튿날 아침 배낭을 꾸려 여행사로 출발하기 전 골목 시장에 가보았다. 역시 오늘도 그 소녀는 채소를 팔고 있었다. 그 소녀에게 손짓, 발짓, 모든 걸 동원해 작별인사를 했다. 그래도 아쉬운 마음에 나는 조심스럽게 중국 돈 100위안짜리 한 장을 그 소녀에게 건넸다. 그러자 그 소녀는 얼굴이 빨개지고 당황하며 손을 내저었다.

한참 후 옆에서 장사하는 아주머니께서 아버지 같은 분이 주시는 돈이니 받으라는 여러 번의 설득 끝에 줄 수가 있었다. 이제부터 너는 내 딸이니깐 기념사진도 찍자고 하며 사진도 찍었다. 남루한 옷은 때가 많이 묻었고 신발은 낡아 구멍이 난 걸 신고 있었지만 천사 같은 마음과 해맑은 미소를 간직한 예쁜 딸을 라싸에 남겨둔 채 우리는 떠났다. 지금쯤은 장성해서 어른이 되고 가정도 이루었을 그 소녀의 수줍은 미소를 지금도 떠올리면 마음이 맑아지는 것 같다.

우리가 타고 갈 지프는 일제 도요타인데 완충기를 많이 높여 꼭 이층차처럼 높게 개조되어 있었다. 험준한 히말라야 골짜기를 넘어가려면 차체가 높아야 진흙탕을 잘 갈 수가 있어서이다.

라싸에서 네팔 국경까지는 1박 2일 일정이다. 라싸 시내를 조금 벗어나자 도로는 비포장으로 변한다. 덜컹거리고 기우뚱거리며 힘차게 달려 몇 시간 후 망명을 한 달라이 라마를 대신해 중국 측에서 내세운 가짜 달라이 라마가 살고 있다는 도시에 도착해서 잠시 휴식을 취했다.

그사이에 나는 사탕을 파는 가게에 들러 사탕을 조금 샀다. 그런데 그 주인 아저씨와 의사소통이 잘못되어 너무 많은 사탕을 사게 되었다. 그러나 너무 많이 샀다고 생각했던 사탕이 나중에는 모자라게 될 줄 그때는 미처 몰랐다.

차는 다시 출발했다. 멀리서 히말라야 자락 끝에 누군가 심어 놓은 노란 꽃의 유채는 파란 하늘과 어울려져 한폭의 수채화다. 힘겹게 올라간 고갯마루에는 돌무덤을 쌓고 그 주위에는 총천연색의 천을 줄에 걸어 놓아 바람에 휘날리고 있으며 그곳을 지나는 사람들이 손을 모아 기도하는 모습은 영화에서나 보아왔던 티베트 인들의 삶 그 자체였다. 그 사람들은 그 무엇을 그렇게도 간절히 빌고 있는 것일까? 아들과 나도 차에서 내려 함께 두 손을 모아 안전하고 즐거운 여행을 위해 고개를 숙였다.

고갯마루를 지나 평지를 신나게 달리던 우리 차는 방목하던 소 떼가 갑자기 도로를 가로질러 뛰어드는 탓에 급히 급브레이크를 밟는다. 그러자 낡은 지프는 브레이크가 터져 버린다. 간신히 도로 옆에 차를 세우고 차를

| 라싸를 출발해서 네팔로 가는 길목에서 만난 양떼들

고치기 시작한다. 옆에서 지켜보니 브레이크 기름 동파이프가 터져 버렸다. 큰일이 난 것이다.

그러나 경험이 풍부한 기사는 열심히 고치고 있다. 그리고 약 1시간 후쯤에는 우리 차는 다시 출발할 수 있었다. 새하얀 만년설을 머리에 이고 코발트 빛 파란 하늘을 배경으로 웅장하고도 우뚝 서 있는 히말라야 골짜기에서 풀을 뜯고 있는 야크와 양 떼의 모습은 평화스러움과 즐거움을 함께 느끼게 한다.

목에 나무로 만든 방울을 달고 풀을 뜯는 야크는 내가 처음 보는 동물이어서인지는 몰라도 정말 예쁘고도 신기한 마음이다. 까만 깃털이 어깨 위로 길게 자라 있고, 알록달록한 천으로 몸단장을 한 야크의 모습을 바라보며 히말라야 끝에 위치한 마을의 입구에 있는 식당에 우리는 도착했다. 티베트 인들이 즐겨 먹는 양고기와 싱싱한 유채 나물은 배고픈 여행객들에게는 너무나 맛있는 음식이었다. 오가는 여행객들을 위한 전문 음식점인 것 같았다.

식사를 마치고 밖으로 나온 우리 앞에는 7살 정도의 여자 아이와 5살 정도의 남자 아이 남매가 우리에게 돈을 달라며 손을 내민다. 그런데 어린 남동생은 화상을 입어 얼굴이 엉망이다. 빨간 화상 흉터에서는 아직도 진물이 흘러내리고 있어 보기에도 안타까운 심정이다. 화상이 심했다. 전문 병원에 가야만 나을 수 있고 흉터도 덜할 텐데, 그곳에는 병원도 있을 리 만무했으며 그 남매가 너무나도 측은해 출발 후에도 한참이나 마음이 아프다. "주님이시여, 저 남매를 보호해 주십시오."하고 마음속으로 기도했다.

라싸에서 네팔 국경까지는 거리도 멀었지만, 길도 험해 많이 힘이 들었다. 한참을 잘 달리던 우리 차는 히말라야에서 흘러내리는 물줄기에 길이 진흙탕이 되어 버린 골짜기에 빠져 버린 것이다. 노련한 기사가 아무리 애를 써 빠져나오려 애를 써 보았지만 차는 점점 진흙탕 속으로 빠져만 가는 것이다. 우리는 하는 수 없이 차에서 내려 기다려야만 했다. 8월인데도 히말라야에서 불어오는 바람은 벌써 쌀쌀하기만 하다. 차에서 내려 주변의 들과 산을 바라보고 있는 우리 시야에 멀리 산 중턱에 까만 점이 몇 개 움직이며 우리에게 점점 다가오고 있었다.

그 근처 골짜기에서 사는 현지인 아이들이었다. 모두 7~8세 정도 되어 보이는 남·여 아이들은 우리에게 달려와 무엇인가를 달라며 손을 내민다. 이곳에서 차가 빠질 때마다 와서 물건을 얻어 보았던 모양이다. 그런데 그중 한 소년이 입고 있는 저고리를 보니까 가슴 쪽에 한글로 한국 정공이라는 마크가 붙어 있다. 그 어떤 경로를 통해 그 소년에게 우리나라 옷이 가게 되었는지 궁금했으며 한편으로는 반갑기도 했다. 나는 출발할 때 준비했던 사탕을 한 움큼씩 나누어 주었다. 맛있는 과자를 받아든 아이들은 손을 흔들며 씩씩하게 왔던 길로 다시 뛰어갔다.

진흙탕에 빠져 버린 우리 차는 잭으로 차를 어느 정도 들어 올린 후 차 앞에 감겨 있는 체인을 약 10m 앞 단단한 곳에 고정을 하고 차 안에서 체인을 감아 가기 시작하니 차는 조금씩 밖으로 끌려 나오기 시작했다. 히말라야를 넘기 위해서는 여러 가지 장비가 많이 필요했고 또 준비되어 있었다. 그렇게 힘들게 1박 2일을 달려 우리 차는 드디어 티베트 국경과 네팔 국경이 마주한 곳에 우리를 내려 주었다.

중국 측의 출입국 관리소에서 출국 수속을 끝내고 걸어서 네팔로 넘어왔다. 네팔의 출입국 직원들은 매우 친절하기만 하다. 네팔 비자는 입국 때 약간의 돈만 내면 스탬프를 찍어 준다. 1주일, 15일, 한 달 기간에 따라 돈의 액수도 달라지지만 편리한 제도 같다. 네팔 국경에는 트럭을 개조해 만든 버스가 많이 있어서 각자 돈을 내고 카트만두까지 직접 가기로 했다. 카트만두까지 가려면 또다시 히말라야를 조금은 지나야만 한단다. 또다시 덜컹거리는 낡은 차를 타고 출발을 했다. 한참을 달렸을 때 갑자기 하늘에서 세찬 빗줄기가 쏟아지기 시작한다. 쏟아지는 소나기의 양이 너무 많아 산의 골짜기를 금방 채우고 흘러내려 간다. 그와 함께 산에는 수십 개의 폭포가 갑자기 생기며 흘러내려 우리를 즐겁게 하기도 했다. 그때 그 비가 내리지 않으면 산 전체에서 수십 개의 폭포가 쏟아지는 장관은 구경할 수가 없었다는 생각에 쏟아지는 소나기가 너무나도 고맙기 그지없다.

마침내 우리는 강원도 속초를 떠나 아시아를 가로질러 카트만두에 무사히 도착한 것이다. 우리는 왕궁에서 멀지 않은 여행자 거리에 숙소를 정해 피곤을 달랜 후 무사히 한국으로 돌아올 수 있었다.

3

중국 여행

쿤밍, 리지앙

산사태가 난 도로에서 돌배를 파는 소녀의 모습

| 옥룡설산에서 아들이 야크와 함께

 매력적인 도시 리지앙

수십 년 동안 많은 나라를 여행하며 돌아다녀 보았지만, 그 중에서도 제일 기억에 남고 매력적인 곳은 중국과 인도이다. 특히 중국은 큰 대륙이기 때문에 많은 오지와 소수민족, 때 묻지 않은 자연을 만날 수 있어서 더욱 매력적이다. 중국 중에서도 중국 서남부 쪽에 자리한 '윈난성'은 온화한 기후와 많은 소수민족을 볼 수가 있어서 자주 찾는 곳이기도 하다. 윈난성의 수도 '쿤밍'은 일 년 내내 봄 날씨처럼 날씨가 좋다. 특히 주변에는 '석림, 토림, 따리, 리지앙' 등 관광지가 많이 있어서 구경할 것도 많다. 그중에서도 쿤밍에서 버스로 대여섯 시간을 달려 따리를 거쳐 도착한 '리지앙'은 정말로 아름답고 또 가보고 싶은 도시이다.

높은 설산이 도시를 감싸 안고 있으며 그 높은 설산에서 빙하가 녹은 차갑고도 맑은 물은 수십 ㎞의 지하 땅을 지나 리지앙의 높은 외곽지에서 솟아나고 있다. 리지앙 시내를 중심으로 바둑판 모양으로 인공적으로 만들어 놓은 수로로 맑은 설산의 물이 리지앙 시내를 구석구석 흘러내리고 있으며 그곳의 맑은 시냇물에는 많은 종류의 물고기들이 자유로이 헤엄치고 있다.

수백 년쯤 된 듯한 옛날 전통 기와집들이 그대로 잘 보존되어 있어서 수백 년 전의 도시를 거슬러 올라온 듯한 착각에 빠지게 되는 리지앙이다. 또한 수백 년은 되었을 옛날 기와집들은 아직도 잘 보존되어 있으며 그곳에서 현지 주민들이 운영하는 홈스테이를 할 수가 있어서 관광객들은 더욱 더 즐거움을 만끽할 수가 있다.

| 라싸 근교의 현지인과 함께

리지앙 시내에서 조금만 벗어나면 현지인들의 생활 모습을 꾸밈없이 리얼하게 마주할 수가 있다. 유채꽃이 넓은 들판에 노랗게 가득히 피어있고 여자들은 밭에서 일하고, 남자들은 집에서 아이들을 돌보는 모계사회의 전통이 아직도 남아있는 것 같다. 남자들이 아기를 앞으로 안고, 십자 띠를 매고 아이를 보는 모습은 옛날 우리들의 모습과 똑같았다.

시골에도 역시 맑은 물이 풍부하여 동네를 가로질러 흐르고 풍부한 물로 농사를 지을 수가 있어서 바라만 봐도 마음이 풍요로워지는 농촌 정경이다. 우리는 걸어서 이 마을 저 마을 돌아다니며 아름답고 순수한 그곳의 사람들과 이야기 나누며 함께 사진도 찍고 즐거운 추억을 만들기에 여념이 없었다.

정말로 이곳을 떠나기가 싫었고 아름답고 풍요한 마을에서 너무나도 순수하고 아름다운 마음씨를 갖고있는 주민들과 함께 노년을 보내고 싶은 마음이었다. 나도 이제 점점 나이가 들어가니까 노후를 생각하고 걱정하게 된다.

여유가 많이 있으면 우리나라에서 노후를 편히 보내면 좋겠지만, 경제적으로 넉넉하지 못한 우리는 물가가 우리나라의 1/5밖에 되지 않는 이곳에서 아름다운 사람들과 함께 보내는 것도 노후를 보내는 한 가지 방법이 될 수도 있겠다는 생각을 해본다.

리지앙 시내에서 마이크로버스를 타고 옥룡 설산으로 향했다. 산꼭대기 만년설이 조금씩 녹아 흘러내리는 맑은 물은 산골짜기를 넘쳐 흐를 정도로 풍부하고 발을 담그지 못할 정도로 차갑고 발이 시리다. 까만 털을 예쁘게 치장을 하고 여러 가지 색깔의 천으로 꾸민 야크를 끌고 나와 여행객들에게 사진을 찍어주고 돈을 받는 현지인들도 있으며 야크고기를 꼬챙이에 꽂아 숯불에 구워서 파는 사람들도 있었다.

아들은 여행 중에 자주 만날 수 있는 야크를 특히 좋아해서 약간의 돈을 주고 야크 등에 올라 사진을 찍을 수 있었다. 우리는 다시 리지앙 시내로 돌아와 우리 숙소인 옛날 기와집 민박집에 도착했다.

민박집은 젊은 부부가 운영하고 있었는데 옛날 자기의 선조들이 살았던 집이라고 한다. 딱히 도시에 나가도 일자리가 마땅치 않아 여기에서 민박집을 운영하는데, 요즈음은 여행객이 많이 찾아주어 수입이 생각보다 많단다. 그 젊은 부부에게는 우리 아들 또래의 딸이 있었는데 약간은 수줍어하는 그 소녀는 우리 아들에게 친절하게 말도 걸어오고 삶은 감자도 내어주며 관심을 표하는 것 같다. 자기 또래의 외국인을 처음 만나 신기한 모양이다.

여행객이 원하면 그곳에서 식사도 할 수가 있는데 숙박비와 식사를 합쳐도 가격이 너무나도 저렴해서 떠날 때 고맙다며 그 소녀에게 약간의 용돈을 주고 다음에 다시 오겠다는 약속을 하고 리지앙을 떠났다.

리지앙에서 쿤밍으로

우리는 '리지앙'을 떠나 다시 '쿤밍'으로 돌아왔다. 쿤밍에서 남쪽에 있는 진훙을 지나 라오스로 들어가기 위해 쿤밍 시내 외곽에 있는 시외버스 터미널에 가서 진훙까지 가는 시외버스를 탔다. 쿤밍에서 밤새 버스를 타며 그 이튿날 오후에 진훙에 도착하는 야간 침대 버스였다. 여행비를 아끼기 위해 야간 침대 버스와 야간열차를 비교적 많이 이용하게 된다. 물론 비용뿐 아니라 시간도 많이 아끼게 된다.

　침대 버스의 내부는 2층으로 되어 있다. 1층과 2층이 있는데 올라가기 조금 불편하지만, 사람들은 2층을 선호한다. 그러나 층 사이가 너무 좁아 한번 누우면 움직이기가 어려워 그다지 좋은 침대 버스는 아니다. 우리를 태운 이층 버스는 쿤밍 시내를 벗어나 구불구불 산길로 들어선다. 밤이 되자 피곤함에 지친 아들은 벌써 잠이 든 모양이다. 나도 내일을 위해 잠을 청해본다.

 ## 산사태가 만든 추억

　이튿날 새벽 잘 달리던 버스가 갑자기 멈췄다. 주위가 왁자지껄 시끄럽다. 나도 잠에서 깨어나 버스 밖으로 나왔다. 사고였다. 대형사고다. 우리 버스 약 1㎞ 전방에 크나큰 산사태가 나버린 것이다. 그래서 차가 전진을 하지 못하고 수백 대의 화물차와 승용차, 버스가 오도 가도 못하는 상태였다.

　그나마 산사태가 일찍 일어난 것이 다행이었다. 만약 우리 버스가 그곳을 지날 때 산사태가 덮쳤다면 우리는 어떻게 되었을까? 생각만 해도 아찔하다. 멀리서 바라본 산사태는 어마어마했다. 산사태가 일어난 지 얼마 되지 않은 듯 길을 뚫기 위한 아무런 조치도 하지 못한 채 그냥 기다리기만 할 뿐이다. 아들과 나도 밖으로 나와 근처 야산의 들꽃을 찾아 산책하곤 했다.

점심때가 다 되었는데도 산사태 현장은 아무런 변화도 없이 그대로이고 이제는 우리 버스 뒤로 이미 수백 대의 차량이 밀려있는 상황이다. 금방 몇 시간 만에 해결될 수 있는 상황이 아닌 것 같다. 차량 밖에는 근처 마을에 사는 주민들이 먹을 것들을 가지고 와서 팔기 시작한다. 자기들이 먹기 위해 준비해둔 음식들이다. 어떤 사람은 달걀, 찰밥, 바나나 잎에 말아서 구운 떡, 심지어는 집에서 키우는 닭까지 잡아 와서 팔기 시작했다.

급히 조성된 번개시장이었다. 아들과 나는 차에서 내려 자기 집에서 따온 듯한 못생긴 돌배를 조그마한 바구니에 담아 팔고 있는 산족 소녀에게 가서 돌배를 사기로 했다. 그 소녀에게 돌배 값이 얼마냐고 물어봤다. 우리가 하는 말뜻을 알지 못하는 그 소녀는 얼굴이 빨개지며 아무 말도 하지 못하고 눈만 깜빡거리고 긴장한 모습으로 몸도 움직이지 못하고 떨고 서 있었다.

| 산사태로 멈춰선 도로 앞에서

중국 남서부 산골짜기에서 외부의 문명과 동떨어져 살아왔을 산골 소녀가 우리가 하는 말을 알아듣지 못하는 것은 당연하다. 옷은 해진 민속 전통 옷을 입고, 신발을 신지 않고 있으며 손과 발을 씻지 않아 흙투성이였다. 우리도 옛날에 새 고무신을 신고 학교에 갈 때면 사람이 없는 곳에서는 신발을 벗고 맨발로 걸었던 그때가 생각이 난다. 그러나 유난히도 눈이 까맣게 반짝이던 그 소녀는 끝까지 눈만 깜빡거리며 아무 말도 하지 못한다.

나는 바구니에 담긴 대여섯 개의 돌배를 우리가 갖고 대략 물가를 계산해서 조금 많게 그 소녀에게 돈을 계산했다. 그 소녀 생각에 돈이 너무 많다고 생각했는지 돈 일부를 우리에게 돌려주고 쏜살같이 산속의 자기 집이 있는 곳으로 달려가 버린다. 여기는 흔히들 말하는 법이 필요 없는 곳인 것 같다.

비록 행색은 초라했지만 눈이 유난히 맑고 까맣던 그 소녀를 만나 오랜만에 나의 마음도 깨끗해지고 맑아지는 것 같아 기분이 좋아진다. 아마도 돌배를 따서 자기 집을 나설 때 부모님께서 어느 정도의 돈을 받으라는 귀띔이 있었기에 자기가 생각하고 있는 값의 나머지는 돌려주는 순수함은 수십 년이 지난 지금도 잊을 수가 없다. 세월이 지난 지금도 그 소녀는 아름다운 마음을 간직한 채 행복한 가정을 꾸리고 있겠지.

그때만 해도 우리는 코펠과 버너를 가지고 다녔다. 여행 중에 라면을 끓여먹기 위해서이다. 요즈음 여행자들은 짐을 많이 가지고 다니지 않지만 그 때 자유여행객들은 갖고 다니는 짐이 굉장히 많았다. 시간이 오래 지체될 것 같아 나는 현지인이 갖고 온 통닭을 반마리 사서 코펠에 물을 붓고 끓이기 시작했다. 한참 후 닭은 맛있게 삶아진 것 같다.

중국 서남부 산골짜기에서 요리한 토종닭의 맛은 일품이었다. 아무런 양

넘 없이 소금에만 찍어 먹는데도 산골짜기에서 야생 그대로 방목해 키운 야생 닭은 맛이 상상을 초월했다. 아들과 나는 국물까지도 말끔히 마셔 버렸다. 아들도 오랜만에 맛있는 닭고기를 먹어서인지 기분이 좋아서 근처 산언덕을 뛰어다니며 좋아한다. 잠자리를 쫓아다니며 넘어지기도 하고 방아깨비 한 마리를 잡아 나에게 보여주기도 한다.

아직 세상 물정은 아무것도 모르는 순수하고 착하기만 한 아들이 아름답게 자라기를 파란 하늘을 바라보며 기원해 본다. 산사태 현장에서는 오후 늦게서야 불도저 한 대가 나타나 무너진 흙더미를 치우기 시작한다. 그러나 산이 워낙 많이 무너져 언제쯤 길이 개통될지는 가늠조차 하기 어려웠다.

그 날 늦은 밤이 되어서야 길이 뚫렸고 기다림에 지쳐버린 우리는 이튿날 새벽녘에야 중국 남부도시 진홍에 도착할 수 있었다. 현지인 말로 시상반나라고도 불리는 진홍 시내에는 많은 열대 나무들이 가로수를 이루고 있어서 중국이 아닌 열대지방에 온 것만 같았다.

이곳 주민의 70%가 옛날 태국에서 이주해 온 타이족이란다. 우리는 버스 정류장 근처 숙소에 자리를 잡고 아침 일찍 밥을 먹기 위해 시장을 찾아 나섰다. 시장은 역시 활기차기만 하다. 우리는 시장에서 할머니가 하시는 국숫집에 갔다. 그곳의 쌀국수 맛은 일품이었다. 닭고기 삶은 국물에 쫄깃쫄깃한 쌀국수를 말아 채소까지 듬뿍 넣어 오랜만에 한 그릇을 뚝딱 비웠다.

그리고 근처에서 파는 망고를 넉넉하게 사서 갖고 다니는 맥가이버 칼로 껍질을 벗겨 아들과 나는 배가 터지도록 많이 먹었다. 이곳의 기후가 열대 기후이기 때문에 열대과일이 많이 생산되는 것 같다. 그리고 값도 매우 저

럼하다. 한국에서는 상상하지 못할 만큼 싸다. 이곳은 티베트에서 발원하여 흐르는 메콩 강이 지나는 곳이기 때문에 배를 타고 라오스와 미얀마를 국경처럼 가로지르는 메콩 강을 따라 태국 북부 골드 트라이앵글로 유명한 치앙센까지 가는 여객선을 탈 수가 있단다. 다음 기회에는 그 여객선을 타고 한 번쯤은 태국으로 가보기로 계획한다.

우리는 진홍에서 하룻밤을 더 머물고 이튿날 새벽 라오스 국경도시 보텐으로 가기 위해 현지인들이 많이 타는 로컬 버스를 탔다. 버스는 가다 서고 가다 서며 주민들을 내려주고 태우기를 반복하며 천천히 아주 천천히 달려 오후에서야 국경 도시 보텐에 도착했다.

| 산사태가 난 도로 위에서

| 리지앙 옥룡설산의 빙하 계곡에서 발을 담그며

4

캄보디아 여행

| 앙코르와트의 일출

| 캄보디아의 아름다운 들녘

 ## 방콕에서 캄보디아로

　태국에서 캄보디아로 가려면 방콕에서 남동쪽으로 버스를 타고 태국의 '알란'이라는 도시에서 캄보디아 '포이펫'을 거쳐 '앙코르와트'로 유명한 '시엠 릿'으로 가야만 한다. 방콕에 있는 여행자 거리로 유명한 카오산 로드에서 드디어 캄보디아로 가는 육로가 열렸다는 정보를 접한 나는 지체하지 않고 캄보디아로 가기로 했다.

　아들과 나는 여행자들의 천국, 그리고 많은 자유 여행자들이 모여드는 카오산 로드에서 많은 여행자에게 정보를 모은 후 캄보디아로 들어가기 위해 버스 정류장에서 태국 국경도시 알란으로 향했다. '크메르루즈 군'과 오랫동안 내전으로 인해 치안이 불안하고 정세가 안정되지 못해 캄보디아 여행은 꿈도 꾸지 못했던 시점인데 육로로 국경을 넘을 수 있게 되었다니 정말 믿기지 않을 정도로 기쁘고 설레는 마음이다.

다른 여행자들이 많이 몰려들기 전에 먼저 때 묻지 않은 자연과 현지인들의 생활을 경험하기 위해서 경쟁적으로 캄보디아로 향했다.

 태국 국경을 넘으며

알란에 도착한 후 오토바이를 개조해서 만든 툭툭이를 타고 국경에 도착해 태국 검문소를 통과한 후 캄보디아 검문소에 도착했다. 그때만 해도 캄보디아 경제 사정은 정말로 열악했다. 정부에서 일하는 관리들의 보수는 한 달에 약 2만 원 정도밖에 되지 않는다고 한다. 그러니까 먹고 살기 위해 부정을 할 수밖에 없다. 때문에 정부도 어쩔 수 없이 부정을 묵인한다고 한다.

그래서인지 국경 검문소 군인들은 우리를 보자마자 '원 달러, 원 달러'를 외쳤다. 먼저 1달러를 그 군인들에게 바쳐야만 입국 도장을 찍어 주는 것이다. 물론 불법이지만 안 줄 수가 없었다. 나와 아들은 2달러를 주고 국경을 넘을 수가 있었다. 검문소를 넘자마자 아이들이 우리에게 모여들어 돈을 달라며 구걸했다. 그 많은 아이에게 전부 돈을 줄 수도 없고 해서 도망치다시피 밖으로 나왔다.

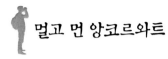

멀고 먼 앙코르와트

내전으로 인해서 모든 사회기반시설이 다 망가진 탓에 우리가 목적하는 앙코르와트로 가려면 교통편이 없으므로 국경에서 물건을 사서 앙코르와트로 가는 짐차를 얻어 탈 수밖에 없다고 했다. 우리도 그곳에서 짐칸에 물건을 가득 실은 픽업트럭 기사와 홍정을 한 후, 트럭 짐칸 뒤에 타는 것보다 조금 더 돈을 주고 운전석 뒤 좁은 공간에 끼어서 출발할 수 있었다.

출발 전 운전기사는 운전대 앞에 캄보디아 지폐를 한 다발 올려놓고 출발했다. 캄보디아 지폐는 때가 묻고 찢어진 게 많아 그야말로 걸레 조각이다. 오랜 내전으로 지폐를 깨끗한 돈으로 교환할 수가 없었기 때문이다. 차가 출발해서 가는데 도로가 보이지 않는다. 도로가 보이지 않는 길을 기사는 짐작으로 차를 운전해간다. 도로는 오랫동안 관리를 하지 못해 그야말로 엉망이다.

도로에 구덩이가 너무 깊게 파여서 앞에 가는 차가 보이지 않을 정도로 구덩이 깊이가 깊다. 올라가고 내려가고 꼭 롤러코스터를 타는 것만 같다. 얼마 가지않아 도로는 큰 바다로 변해있었다. 우기 때 비가 많이 와서 도로 옆에 있는 논이 범람해 도로를 점령해 버린 것이다.

도로가 바다로 변해버린 곳에서 지리에 익숙한 마을 주민들이 나와서 차를 도로 가운데로 유도를 해주고 지나가는 차에게 돈을 받는다. 운전기사는 당연하다는 듯 그 사람들에게 운전대 위에 쌓아둔 지폐를 한 장씩 주고 지나간다. 한참을 가다 보니까 이번에는 긴 대나무로 도로 한복판을 막아놓고 근처 나뭇가지에 누런 실탄이 장착된 소총을 걸어놓았다.

무시무시하다. 아직도 완전히 소탕되지 않은 '군'의 잔당이란다. 우리 운전기사가 그 사람들에게 지폐를 건네주자 줄을 당겨서 대나무 막대를 들어서 차를 통과시켜준다. 아직도 이곳 지방 오지까지는 정부군의 힘이 미치지 못하는 것 같다.

차는 짐을 가득 싣고 험난한 길로 다니기 때문에 뒤뚱거리며 곧 넘어질 듯하면서도 천천히 잘도 달렸다. 차 뒤의 좁은 공간에 끼여 앉아 있던 우리는 엉덩이가 아파서 아예 엉덩이를 들고 있었다. 그래야 조금은 편안했다.

이제는 어지간히 자유여행에 적응을 한 아들도 매우 힘든 기색이다. 지금 아들은 무슨 생각을 하고 있을까, 아무쪼록 긍정적인 생각과 세상을 살아가며 어렵고 힘든 순간에도 슬기롭게 헤쳐 나갈 수 있는 지혜가 모이기를 기대해본다. 또 얼마를 가지 못해 군 잔당이 길을 막고 의자에 앉아 있다. 우리 차의 기사는 익숙하다는 듯 그 사람이 걸어놓은 철모 속에 지폐 몇 장을 집어 넣어주고 또 통과했다.

깊이 파인 도로 웅덩이에 사람들이 바구니를 갖고 나와서 흙을 담아 웅덩이를 메꾸어 주고 지나가는 차에게 돈을 받는다. 우리가 평소에 쉽게 접해볼 수 없는 희한한 광경들이다. 그래도 끝없이 펼쳐지는 넓은 평야에는 황금빛으로 적당히 물든 벼들이 자라고 있었으며 논 가장자리에는 대나무로 엮어서 만든 엉성한 집들이 군데군데 자리 잡고 있었다.

영화 킬링필드에서 군이 대나무 집을 향해 기관총을 난사해서 일가족을 몰살하는 장면과 똑같은 대나무 집이다. 캄보디아는 동남아의 다른 국가들과는 다르게 산이 거의 없다. 대부분 농지로 되어 있고 '메콩 강'과 커다란 바다를 연상케 하는 '톤레삽 호수'는 캄보디아의 비옥한 농토에 충분히 물을 공급함으로써 벼농사는 모만 심어 놓으면 항상 대풍이라고 한다.

그러나 국가 지도자를 잘못 만나 국왕인 '시아누크'가 국민을 수탈하고 정치를 잘못해 군이 등장하고 내전이 일어나 무고한 민간인들만 수백만 명이 죽고 경제는 망가져 대다수 국민이 거지와 같은 생활을 하는 것이다. 그래서 어느 나라나 국가를 경영하는 지도자는 정말로 중요하다. 그래서 신중히 깊이 생각하며 뽑아야 한다고 생각했다.

 ## 시엠립에 도착하다

군들의 검문소와 깊이 파인 웅덩이를 넘고 넘어 오후 늦게 시엠립 시내에 도착했다. 게스트하우스를 찾아다녔지만, 시설이 깨끗한 숙소는 별로 없었다. 아직 기반 시설이 갖추어지지 않아서인지 저녁이 되니 전깃불도 켜진 곳이 없고 석유로 불을 켜는 남포등만이 거리를 밝히고 있었다. 곳곳에 쌓인 쓰레기는 바람에 날리고 포장된 도로는 거의 없고 비포장도로는 부는 바람에 먼지만 휘날리는 어수선한 시내 풍경이다. 그때가 벌써 10년도 훨씬 전이니까 지금과는 비교가 되지 않는다.

크메르 제국의 수도였던 '앙코르'는 지금부터 약 600년 전에 세워진 건물인데 너무나 크고 넓어서 하루에 다 볼 수는 없다고 한다. 숙소 주인은 우리에게 자기가 앙코르를 갈 수 있게 해준다며 흥정을 해 온다. 그 당시만 해도 3일 동안 앙코르를 구경하려면 15달러를 내야 하는데, 게스트하우스 주인은 우리에게 5달러만 주면 자기가 입장을 시켜주겠다고 했다.

우리는 주인을 믿고 아침 일찍 주인이 마련한 승합차를 타고 앙코르로

갔다. 그 당시만 해도 경비가 삼엄하지 않아 우리를 태운 승합차는 정문이 아닌 앙코르 건물 외곽으로 가서 철조망으로 막아놓은 곳을 지키고 있는 군인에게 우리를 인도했다. 그러자 그 군인들은 능숙하게 우리를 개구멍처럼 뚫어놓은 곳으로 들어가게 했다.

그 당시는 크메르가 망하고 캄보디아 정부가 들어선 지 얼마 되지 않았던 때라 군인들의 보수가 얼마 되지 않아 그러한 비리가 만연해 있었다. 하급 군인들은 그렇게 모은 돈을 높은 사람에게 상납하는, 그런 먹이사슬이 형성되어있었다.

지금은 입장권에 그 사람의 사진까지 함께 인쇄할 정도로 관리가 철저하지만, 그때만 해도 그야말로 '호랑이가 담배를 피우던 시절'이었다. 앙코르는 생각보다 규모가 컸고 대단했다. 그곳 역시 구걸을 하는 사람들이 많이 있었다. 앙코르 입구고 주변에는 양쪽으로 구걸하는 사람들이 양옆으로 줄을 지어 앉아 있었는데, 내전 중에 팔다리 등을 잃어버린 장애인들이 특히 많았다.

앳된 얼굴의 한 소녀는 구걸하는 게 부끄럽고 자존심이 상하는지 고개를 숙이고 얼굴이 빨개져 있었다. 그런 얼굴로 깡통 하나를 앞에 두고 앉아 있는 모습이 너무나 애처롭게 느껴졌다. 누군가의 집안에 귀한 딸이었을 그 소녀는 내전 때문에 한쪽 팔목을 잃고 장애인이 되어 외국 관광객에게 구걸을 하게 되었다. 너무도 마음이 아파 약간의 지폐를 그 소녀 앞에 놓인 깡통에 넣어주자 그 소녀는 부끄러운지 쳐다보지도 않고 하나밖에 없는 팔을 가슴에 모으고 감사하다는 표현을 했다.

우리나라도 6·25 전쟁 후에 부모를 잃은 고아들과 전쟁 중에 부상을 입은 상이군인들이 넘쳐나 많은 사람이 구걸을 하며 생활하던 때가 아련히 떠올라 마음이 무거워졌다.

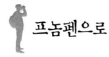

프놈펜으로

사람이 만들었다고는 상상하지 못할 불가사의한 앙코르를 3일 동안 구경한 후 낡은 버스에 몸을 싣고 캄보디아 수도 '프놈펜'으로 향했다. '씨엠릿'에서 캄보디아 수도 '프놈펜'으로 가는 방법은 2가지가 있다. 육로로 버스를 타고 가는 것과 시내에서 조금 떨어진 '톤레샵 호수'로 가서 배를 타고 강을 따라 프놈펜으로 들어가는 방법이 있는데, 아들과 둘이서 여행을 할 때는 버스로 육로를 통해 이동했었고, 집사람과 장모님을 모시고 여행을 할 때는 수로를 이용해 배를 타고 갔다.

장모님과 함께한 또다른 여행

호숫가에서 조그만 나룻배를 타고 호수 복판에 정박해 있는 제법 큰 여객선으로 옮겨 타고 프놈펜으로 가는 여행은 또 색다른 기분이었다. 6~7시간 가야만 하는 조금은 지루하기도 한 시간이었지만 강가에서 고기를 잡는 현지인들과 주변에 펼쳐지는 아름다운 풍경은 지루해지기 쉬운 여행객의 몸과 마음을 상쾌하게 해 주는 역할을 한다. 강이 생각했던 것보다 규모가 크고 수량도 풍부해서 어부들이 물고기를 잡는 모습을 보고 있으면 톤레샵 호수가 '물 반, 고기 반'이라는 말을 실감하기도 한다. 장모님은 연세가 많으신데도 오랜만의 외국 여행에 즐거워하시며 뱃멀미도 하지 않으시고 잘 건너주셨다.

아들과 딸들을 키우시느라 직접 생활 전선에서 가족의 생계를 책임지셨던 장모님께서는 여행을 좋아하셨지만, 가정 형편상 가지 못하시다가 이번에 첫 해외여행을 하게 되셨는데, 건강하게 여행을 잘 건디어 주셔서 고맙기만 할 뿐이었다.

약간 지루했던 6시간의 배 여행은 드디어 우리를 프놈펜 외곽에 있는 선착장에 내려 주었다. 선착장에서 시내로 이동하기 위해서는 오토바이를 이용해야만 했다. 배에서 내린 우리에게 오토바이 주인과 호객꾼들이 벌떼처럼 달려들었다.

나는 그중에 생김새가 선한 사람을 골라서 오토바이 한 대에는 장모님을 태우고 또 한 대에는 집사람과 내가 타고, 장모님 오토바이를 뒤따르게 하며 길을 아는 내가 앞에 오토바이를 타고 시내로 향했다. 시내에 들어서자 거의 비포장도로인 그곳에서는 먼지가 많이 날려 앞을 분간할 수가 없을 정도이며, 차와 오토바이 또 무단횡단하는 사람들로 뒤엉켜서 그야말로 아수라장이었다.

그래도 내가 탄 오토바이 기사는 노련하게 복잡한 시내를 요리조리 잘도 빠져나왔다. 한참 가다 정신을 차리고 뒤를 보니 우리 뒤를 따라와야 할 장모님 오토바이가 보이지 않았다. 큰일이 일어난 것이다. 복잡한 도로를 지나오다 뒤에서 따라오던 오토바이가 우리를 놓쳐버린 것이다. 우리는 그곳에 오토바이를 세우고 찾아보았지만 헛수고였다. 장모님을 찾을 수가 없었다.

방법이 없었다. 일단 우리는 우리가 예정했던 숙소로 향했다. 숙소에 일단 짐을 내려놓고 장모님을 찾아 나서기로 한 것이다. 정말로 난감한 상황이다. 만약에 나이가 많으신 장모님을 찾지 못한다면 어떻게 할 것인가. 한참을 찾아 우왕좌왕하던 우리에게 장모님을 태운 오토바이가 나타난 것은 거의 30분이 지나고 나서였다.

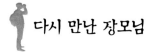

다시 만난 장모님

우리를 놓친 오토바이 기사는 장모님을 태우고 길을 헤매며 우리를 찾아 다니다 경찰서로 가서 외국인이 많이 모이는 지역을 찾아 물어서 우리 숙소까지 찾아올 수가 있었다고 한다. 현명하신 장모님께서는 그 와중에도 침착하게 생각하시고 그 오토바이에서 절대 내리지 않고 그 기사를 믿고 있다가 우리를 찾아오신 것이다. 얼마나 다행인지 모른다.

우리 집사람은 장모님을 끌어안고 너무나 반가워하며 눈시울을 적시기까지 했다. 끝까지 장모님을 모시고 가족에게 무사히 데려다준 그 오토바이 기사에게는 고맙다는 말과 함께 넉넉한 사례금도 전했다.

우리가 묵었던 숙소는 주변이 시장이었다. 그래서 우리는 이산가족이 상봉한 기쁜 기분에 시장에 나가 맛있는 고기볶음과 채소를 넉넉히 시키고, 시원한 맥주도 한 병 시켜 즐거운 식사시간을 보냈다. 식사 후 시장 구경을 나선 우리는 자루에 담은 뱀과 구렁이를 파는 곳을 보게 되었다. 뱀과 구렁이는 우리가 상상하는 것보다 많고, 무엇보다도 크기가 컸다.

영화에서나 나올 법한 거대한 구렁이와 파랗고 노란 뱀들을 자루에 담아 소매상들에게 도매하는 커다란 뱀 시장이었다. 그러나 그곳 상인들은 무서운 뱀과 구렁이를 아무렇지도 않은 듯 만지고 다루며 자루에 가득 담아 차에 싣기에 분주하고 좀처럼 뱀을 구경하기가 어려운 우리에게는 별난 모습이며 여기가 열대 지방이라는 것을 새삼 실감했다.

또, 시장 구석 한편에서는 드럼통을 솥처럼 만들어 그 밑에 장작불을 피우고 위에 물을 끓여서 염색을 하고 있었다. 주로 까만 색깔로 옷을 염색해 주변 풀밭에 널어서 햇볕에 말리고 있었다. 우리나라도 60년대에는 군복을 국방색 그대로는 입을 수가 없기 때문에 까맣게 물을 들여 입었던 추억이 떠오른다. 어떻게 사람이 사는 게 이다지도 똑같은지, 신기할 따름이다.

| 캄보디아 앙코르 와트 앞에서

5

이탈리아 여행

| 이탈리아 현지의 축제장에서

 ## 폼페이의 시간 여행

어렸을 때 아버지의 손을 잡고 서울의 창경궁 구경을 갔을 때 창경궁의 큰 규모와 임금님이 회의를 주관하시던 근정전의 웅장한 모습에 크게 감탄한 적이 있었다. 그러나 태국 방콕의 왕궁을 보고 난 뒤에는 창경궁이 시시하고 초라하게 느껴졌었다. 그리고 중국 베이징에 있는 '만리장성'과 '자금성'을 본 후로는 태국 왕궁도 시시해졌다. 그리고 로마를 보고 난 후에는 중국의 자금성마저도 시시해졌다. 옛말에 '눈처럼 간사한 것이 없다'는 말이 있는데, 틀린 말이 아닌 것 같다.

아들이 초등학교 5학년 때에 나와 아들은 이탈리아의 로마로 향했다. 나폴레옹의 개선문, 검투사들이 목숨을 걸고 싸웠다는 콜로세움을 구경한 후 이탈리아 남부의 도시 '폼페이'로 가기 위해 기차를 타고 '나폴리'로 향했다. 항구가 아름답다는 나폴리에서 폼페이로 가기 위해 국영철도가 아닌 개인이 운영하는 사철로 갈아타고 폼페이 역에서 내렸다.

서기 79년 폼페이 시내에서 멀리 떨어진 '베수비오 산'에서 거대한 화산이 폭발해서 화산재가 집어삼키면서 사람들의 기억 속에서 잊힌 폼페이는 1860년 한 농부에 의해 우연히 발견되어 고고학자들이 발굴한 약 2천 년 전의 도시가 생생하게 지금의 우리 눈앞에 나타난, 정말로 흥미진진한 역사의 현장이었다.

유난히 고고학에 관심이 많았던 아들도 나의 손을 꼭 잡은 채 열심히 보고 듣는다. 옛날 그 시절 수레가 다녔던 길에는 바퀴 자국이 선명하게 지금까지 보존되어 있고 그때 사람들이 생활하던 모습 그대로 목욕탕과 화장실, 음식점 심지어는 유흥가 모습까지 그대로 볼 수가 있었다.

지금까지 많은 여행에서 보고 들은 것보다 훨씬 감명 깊게 생각하며 보게 되었다. 세탁소, 마구간, 환락가에는 에로틱한 남녀 간의 성을 표현하는 그림이 벽에 그려진 채 남아 있었다. 어떤 남자가 자기의 성기를 손저울에 담아 무게를 재고 있는 모습도 참 인상적이었다. 그 남자의 에로틱한 그림을 훗날 파리의 지하철 중앙역에 타일로 크게 벽화처럼 그려져 많은 사람이 볼 수 있도록 한 것이 너무나도 인상적이었다. 그 시절 폼페이는 너무나도 부패하고 타락해서 하나님께서 심판하셨다는 설도 있을 만큼 성윤리와 사회 질서가 무너져 있었다는 것은 사실인 것 같다.

타임머신을 타고 그 천 년 전으로의 시간 여행을 마치고 다시 폼페이 기차역에서 철도의 종착역인 소렌토로 향했다. 커다란 절벽 위에 자리 잡은 도시는 멀리서 바라볼 때는 한 폭의 그림처럼 아름다운 도시였다. '돌아와요, 소렌토에'라는 노래가 있을 정도로 역사가 깊고 아름다운 소렌토에는 폼페이 여행을 마치고 찾아온 관광객들로 거리가 넘쳐날 정도였다. 커다란 절벽을 빙빙 돌아 내려가면 '시칠리 섬'으로 갈 수 있는 부두가 나오는데, 부두에 내려가 도시를 올려다보면 그 모습이 너무나 아름 답고 인상적이다.

소렌토를 둘러본 후 기차역에서 나폴리로 가는 기차에 아들과 나는 몸을 실었다. 기차가 나폴리를 향해 서서히 빨라지는 순간 밖에 서 있던 어린 소년이 창문을 열고 밖을 바라보던 나의 모자를 낚아채서 달아난다. 순간적인 일이었다. 깜짝 놀라고 어이가 없어서 멍해 있자, 앞에 앉은 현지인이 빙그레 웃으며 '그러한 날치기는 비일비재하다며 어떤 사람은 들고 있던 카메라도 날치기를 당했다고 조심하라'고 일러주었다. 소매치기와 사기꾼, 집시로 가득한 뒷골목은 내가 상상했던 이탈리아의 모습과 조금 거리가 있었다.

기차는 달리고 달려서 미항(美港)이라 일컬어지는 나폴리에 도착했다. 아들과 나는 물소의 젖으로 만든 하얀 치즈가 주원료인 그 유명한 나폴리 피자를 먹기 위해 묻고 물어서 원조격인 피자집을 찾아갔다. 밑에 놓인 빵의 두께가 매우 얇고 하얀 치즈가 듬뿍 섞인 피자를 아들과 나는 큰 사이즈 한 판을 다 먹었다. 피자의 원조 나라 이탈리아에서 먹어 본 피자 맛은 그야말로 일품이었다.

 ## 로마행 고속 열차를 멈춰 세우다

우리는 다시 나폴리 역으로 가서 로마로 향하는 고속열차를 탔다. 유럽 열차는 우리나라 기차와는 구조가 좀 다르다. 한쪽 차창 옆은 긴 복도로 되어 있고 객실은 방으로 되어있어서 문을 열고 객실로 들어가야 한다. 장기간의 여행에 피곤했던 나는 객실에 우리밖에 없는 넓은 의자에 누워서 피곤한 몸을 쉬고 있고 아들은 기차가 신기한지 여기저기를 살피고 앉아있다. 나는 누워서 이 생각 저 생각을 하며 있다가 잠깐 잠이 들었다.

그런데 잠이 든 내 귓가에 갑자기 픽, 하고 커다란 공기가 빠지는 소리와 함께 기차가 급정거했다. 시속 300㎞ 이상으로 신나게 달리던 열차가 돌연 노란 해바라기 꽃이 끝이 보이지 않을 정도로 만발해있는 들판 위에 멈추어 버린 것이다. 나는 자다 깨 비몽사몽 하며 창밖을 보니까 많은 승객이 이미 기차에서 내려 무슨 사고라도 난 것이 아닌가 하며 웅성거리고 있었다.

'아이고, 무슨 큰 사고가 났나 보다' 걱정하며 고개를 돌려 아들을 찾았다. 아들은 두려움에 몸을 떨며 눈물을 흘리고 있었다. 순간 상황 판단이 되었다. 내가 잠깐 잠을 자는 사이, 모든 것이 궁금하고 호기심이 많은 아들이 이것저것 만져보다가 빨간 줄이 있으니까 호기심에 그 줄을 당겨 본 것이었다. 그 줄은 유사시에 사용하는 비상 줄이었고, 결국 아들의 작은 호기심 때문에 300㎞의 속도로 신나게 달리던 기차가 갑자기 들판에 멈춰 서버린 것이다. 이건 보통 일이 아니었다.

큰 사건이었다. 아들에게 "네가 이 줄을 당겼냐"고 묻자 아들은 대답도 못 하고 고개만 끄덕였다. 나는 조금도 지체할 수가 없었다. 복도로 뛰쳐나갔다. 저쪽 끝에서 뚱뚱한 차장이 뒤뚱거리며 달려오고 있었다. 나는 차장에게 급한 나머지 한국말로 "아저씨 미안합니다. 우리 아들이 아무것도 모르고 줄을 당겨버렸습니다. 미안합니다. 미안합니다." 하고 고개만 계속 숙였다.

우리 객실에 도착한 차장은 능숙한 솜씨로 비상벨을 원 위치로 돌려놓고, 갖고 온 도구로는 새어 나오고 있는 공기 파이프를 잠갔다. 그러고는 떨고 있는 아들의 머리를 씩 웃으며 쓰다듬으며 "No problem"이라고 말해 주고는 돌아갔다. 그제야 기차 밖에 나와 있던 사람들이 다시 객실로 돌아왔고, 기차는 다시 아무 일 없다는 듯이 힘차게 로마로 향했다. 생전 처음

한 경험이었다.

비상벨을 당거서 기차를 세워 본 경험은 또 할 수도 없고, 해서는 안 되는 일이었다. 많이 놀란 아들을 안아서 달래주고 앞으로는 매사에 조심해야 한다고 말해주었다. 착한 아들은 얼마 지나지 않아 평상심으로 돌아와 차창 밖을 내다보며 학교에서 배운 '기찻길 옆 오막살이' 노래를 큰 소리로 불렀다.

넓은 세상을 보며 큰 그릇으로 자랄 수 있기를 소망하며 또래 친구들은 방학 중에 학원을 여러군데 다니며 열심히 공부하는데도 우리 아들만은 공부의 노예가 되지 않고 자유로운 사고를 할 수 있는 멋진 남자가 되길 소망하며 자유여행을 생각했다.

하지만 아들이 나의 바람대로 성장할 수 있을지 약간은 걱정이 되기도 한다. 하지만 이런 경험들을 통해서 나의 아들이 세상을 살다 보면 만나게 될, 지금보다 더 큰 시련과 풍파를 즐거운 마음으로 이겨 낼 수 있는 훌륭한 남자가 되었으면 하는 기대를 한다.

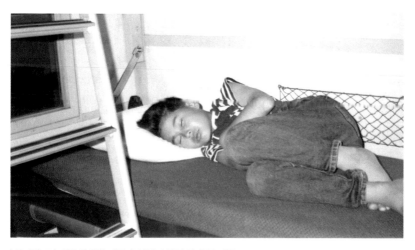

| 로마행 고속 열차를 멈춰 세운 후 긴장이 풀려 잠이 든 아들

로마 공항에서 비행기를 놓치다

우리는 로마에 도착해 비행기를 타고 태국 방콕에 도착했다. 우리가 탄 비행기는 태국의 돈무앙 공항을 거처 인천공항으로 가는 비행기였다. 저렴한 항공편을 구하다 보니 여러 도시를 경유하게 되었다.

돈무앙 공항에서 서너 시간을 대기 후 다시 출발하는 스케줄 때문에 우리는 면세점 구역에서 기다리다 기나긴 여행의 피곤함에 면세점 구역 한편에 배낭을 베개 삼아 잠깐 누워서 휴식을 취한다는 것이 그만 잠이 들어 버렸다.

잠깐 졸았다고 생각했는데, 잠결에 어렴풋이 스피커에서 'MR. Kim'을 부르며 우리를 찾고 있는 것 같아 눈을 뜨니 정말로 우리를 찾는 안내방송을 하고 있었다. 깜짝 놀라 아들과 나는 급히 배낭을 챙기고 비행기가 출발하는 출구로 뛰어갔다. 그러나 우리가 있던 곳은 비행기 출구와 너무 많이 떨어져 있었다. 한참을 달려 출구에 도착했는데, 비행기는 이미 탑승을 마치고 출발하는 중이었다. 정말로 황당한 일이었다.

하지만 우리의 잘못이었기 때문에 어디에 항의도 할 수가 없었다. 우리의 비행기 표는 이제 쓸모가 없게 되어버린 것이다. 하는 수 없이 우리는 비행기 표를 다시 구입하고 이튿날 이른 아침 비행기로 한국에 돌아올 수 있었다. 그 후로 우리는 어떠한 일이 있어도 비행기가 출발하는 게이트 앞에 앉아 대기했으며, 아무리 피곤해도 공항에서 잠은 자지 않게 됐다. 나중에 들은 이야기지만 우리와 같이 비행기를 놓치는 일이 종종 일어난다고 하니 여행을 가게 되면 주의하는 것이 좋겠다.

| 플라밍고 춤을 춘 댄서들과 함께

| 플라밍고 춤을 함께 추는 아들

6

터키 여행

| 터키의 카파토키아에서 만난 소녀와 함께

| 파묵칼레 온천에서

 푸른 온천 도시 파묵칼레와 에페소

유럽 여행 중에서 제일 재미있고 기억에 남는 나라는 터키다. 특히 볼거리가 많고 유럽의 다른 나라들에 비해 물가도 저렴해서 아들과 나는 터키를 여러 번 방문했다. 많은 여행객들이 이탈리아 로마를 거쳐 그리스 에게 해를 건너 터키로 들어가는 코스를 많이 이용한다. 아들과 나 역시 그리스 에게 해를 건너 터키 땅으로 입국했다.

맨 처음 우리가 도착한 곳은 그리스도교의 성지로 알려진 에페소였다. 성경에도 나오는 에페소 유적지는 상상보다 크고 웅장했다. 일부 도로에는 그 옛날에도 대리석을 깔았을 정도로 화려하고 부유한 도시였음은 분명했다. 이탈리아 로마를 중심으로 한 로마 문명만 생각했던 우리는 터키를 중심으로 한 고대 로마 문명도 로마 문명보다 더 크고 융성했던 사실을 피부로 느끼게 하는 유적들을 많이 볼 수가 있었다. 특히 그 옛날에도 수만 명을 수용할 수 있었던 야외극장 무대와 많은 책을 보관했던 도서관 유적지는 그 당시 고대 로마 시대의 화려한 문화를 느껴보기에 충분했다.

온천 도시로 유명한 파묵칼레는 카파도키아로 가는 길목에 있어 터키 여행에서 꼭 들러야 하는 필수 코스이기도 하다. 온천수가 흘러내리며 석회암을 녹여 만들어낸 물 계단은 하얗다 못해 눈이 시릴 정도로 파란 색깔이었다. 아들과 나는 온천수가 어디에서부터 시작되는지가 궁금해서 물줄기를 찾아 산등선을 따라가기 시작했다.

땅속에 관을 설치해서 수 ㎞ 떨어진 지하에서 솟아나는 온천수를 끌어오고 있었다. 중간중간 공기가 들어갈 수 있도록 구멍이 뚫려 있어서 몇 명의 현지인들은 그곳에서 흘러넘치는 온천수로 목욕하고 있었다. 온천공에서 직접 흘러나오는 물이기 때문에 더 깨끗하고 따뜻했다. 아들과 나도 지체하지 않고 옷을 벗은 채 현지인들과 함께 온천욕을 했다. 따끈한 햇볕이 내리쬐는 산속에서 야외온천욕을 한다는 것은 수많은 여행을 다녔지만, 드문 경험이었다.

역시 이곳에도 온천뿐 아니고 수만 명을 수용할 수 있는 돌계단으로 만들어진 야외 공연장이 있었다. 무대 부분만 약간 망가졌을 뿐 객석 돌계단은 아직도 거의 온전한 모습을 하고 있었다. 고대 로마의 위대한 유산을 그대로 느낄 수 있었다.

그러나 그 평화롭고 아름다운 곳에도 관광객을 현혹하는 나쁜 사람이 있었다. 옛날 동전이나 지폐를 일부러 부식시키고 낡아 보이게 만들어 관광객

들에게 접근해서 사기를 치는 사기꾼이다. 남녀노소 가릴 것 없이 구성원 모두
가 동원되어서 정말로 귀찮을 정도로 따라다니며 가짜 골동품을 권하는데,
이러한 모습이 아름다운 파묵칼레의 명성에 먹칠을 하는 듯해 안타까웠다.

수영장 사건과 카파도키아

  우리는 산 아래 민박집에서 하룻밤을 지낸 후 이튿날 동굴의 도시 카파
도키아로 가기 위해 짐을 챙기고, 버스 시간까지 여유가 있어 민박집 뒤에
있는 야외 수영장 근처 탁자에 앉아서 휴식을 취했다.

  그런데 수영장을 만난 아들은 거기서 수영을 하고 싶다고 했다. 초등학
교 2학년인 아들은 아직 수영을 잘하지 못한다. 그러나 아들은 근처 수영
장에 떠 있는 펀치 볼을 안고서 발을 첨벙거리며 재미있게 수영을 했다. 그
모습을 보는데 왠지 모르게 예감이 이상하고 조금은 불안한 마음이 들어
그 자리에서 움직이지를 못 했다. 사람에게는 종종 그렇게 다가온 불길한
기운을 감지할 수 있는 초인적인 능력이 발휘되는 순간이 있다.

  화장실도 가고 싶은데 왠지 움직이기가 싫어서 꾹 참고 앉아서 아늘이
노는 모습을 바라보고 있었다. 아니나 다를까 조금 전까지 펀치 볼을 잡고
물장구를 신나게 치며 놀고 있던 아들 녀석이 갑자기 펀치 볼을 놓치는가
싶더니 금세 물속으로 쏙 들어가 나오지 않았다. 나는 이 갑작스러운 사태
에 머리가 하얘졌지만, 아들을 구하기 위해 본능적으로 물속으로 뛰어들
었다. 불행 중 다행으로 아들은 물만 몇 모금 마셨을 뿐 다친 곳 없이 무사

히 물 밖으로 나올 수가 있었다.

만약 내가 잠깐이라도 화장실에 가기 위해 자리를 비웠다면 어떻게 되었을까? 생각만 해도 끔찍하다. 여행을 하면서 항상 조심은 하지만 이처럼 예기치 못한 사고는 언제든 일어날 수 있다. 나는 놀란 아들을 달래주고 옷을 갈아 입혔다. 옷을 입은 그대로 물속에 뛰어들었기 때문에 나의 소지품도 다 물에 젖어 버렸다. 비행기 탑승권이 물에 젖어 글씨가 알아볼 수가 없게 되었다. 혹여 탑승하지 못하게 될까 걱정하며 조심조심 표가 찢어지지 않게 햇볕에 말렸다.

금방 기분이 좋아진 아들과 나는 동굴의 도시 카파도키아로 향하는 버스를 탔다. 카파도키아의 지형은 단단하지 않은 석회암으로 이루어진 산들이 대부분이었다. 그런 산을 동굴처럼 깎고 뚫고 들어가서 사람들이 생활하던 현장이 아직도 잘 보존되어 있으며 수천 명의 기독교인들이 박해를 피해 지하에 도시를 만들고 거기에서 모든 생활을 하고 교회당까지 만들어 생활했던 모습은 거의 기적에 가까운 이야기였다. 지금도 그 동굴을 이용해 관광객들에게 숙소를 제공하는 게스트하우스도 있었다. 나와 아들도

동굴 숙소에서 하룻밤을 묵었는데 생각보다 별로 쾌적하지는 않았고, 그냥 호기심만 충족했을 뿐이었다.

| 수영장에 빠지기 5분 전의 모습

다시 찾은 카파도키아와 체리

카파도키아는 볼거리와 유적이 많아 몇 번 반복해서 찾았던 도시이다. 몇 년 후 집사람과 누나를 대동하고 카파도키아에 왔었을 때이다. 우리는 숙소에서 나와 구시가지로 가는 버스를 탔다. 관광객들이 많은 신시가지와는 달리 현지인들이 많이 모여 옛날 모습 그대로 모여 사는 구시가지는 활기가 넘치고 사람도 많았다.

우리는 사람들에게 물어 물어서 재래시장을 찾아갔다. 재래시장은 규모가 엄청 크고 넓었다. 그리고 없는 것이 없을 정도로 물건이 많이 모여있고 특히 과일 가게에는 수박, 복숭아, 그리고 그곳의 특산품인 체리를 산더미처럼 진열해 놓고 팔고 있었다. 우리는 빨갛다 못해 까맣게 보이는 체리를 하나 맛을 보았는데 놀랄 만큼 맛이 좋았다. 한국에 있을 때 우연히 한 번 먹어볼 기회가 있었는데, 그때는 맛이 그다지 좋지 않았기 때문에 별 기대가 없었다.

가격도 생각보다 훨씬 저렴해서 우리는 체리를 3kg을 사서 한적한 곳에 쪼그리고 앉은 채로 전부 먹어 버렸다. 그리고 또 2kg을 사서 다 먹고, 그후에는 5kg을 사서 숙소까지 사 들고 돌아왔다. 오는 길에 고기를 파는 정육점에서 소고기도 조금 샀는데, 숙소에 다른 양념이 없어서 약간 매콤한 풋고추를 썰어 넣고 소금으로 끓인 소고기 찌개를 해 먹었다. 찌개는 오랜 여행에 지쳐 있던 우리의 원기를 돋워주었다. 후식으로는 또 체리를 먹었다. 그때가 5월 말쯤이었는데, 지금도 그때 먹었던 그 체리의 맛을 잊지 못해 5월쯤 터키를 다시 한 번 가 볼 생각을 하고 있다.

체리 못지않게 맛있었던 과일은 복숭아였다. 우리나라 복숭아보다 크기는 조금 작았지만, 그 맛은 상상을 초월했다. 카파도키아에서 유적지 관광보다 더 중요한 것은 체리와 복숭아 그리고 송아지 고기를 먹는 것으로 이들은 최고로 맛있는 음식이다. 여행객 대부분이 신시가지 동굴들만 구경하고 구시가지에는 들르지 못해 맛있는 음식을 접하지 못한 채 터키를 떠나는 것이다. 참으로 안타까운 일이었다.

| 가파토키아의 아름다운 전경

| 파묵칼레로 내려오는 온천에서 만난 현지인과 함께

7

스위스 여행

아들과 자전거로 알프스를 오르다

| 자전거로 오른 융프라오 역에서

| 알프스를 오르는 톱니바퀴 열차와 함께

　유럽 여행 중에서도 아직도 기억이 뚜렷하고 또다시 가보고 싶은 나라는 역시 스위스. 가보고 싶은 곳은 알프스 산맥에 위치한 융프라우라고 자신 있게 말할 수 있다. 스위스를 가기 전 가이드북에서 본 험한 알프스를 힘차게 기어오르는 빨간 꼬마 기차는 자유여행을 즐기는 우리의 호기심을 유발하기에 안성맞춤이었다.

　아들과 나는 파리에서 기차를 타고 스위스 국경을 넘어 스위스 시계의 대명사처럼 되어버린 쥬네브 역에 도착했다. 시계의 도시답게 정문 꼭대기에는 커다란 시계가 걸려 있었다. 시계뿐 아니라 맥가이버 칼도 특산품이었다.

　역 광장을 조금만 벗어나면 알프스에서 만년설이 녹아내리며 커다란 호수를 만들어 놓았는데 물이 어찌나 맑은지 밑바닥이 다 들여다 보일 만큼 투명했다. 그 맑은 물을 하늘 높이 뿜어대는 분수는 그야말로 장관이며 쥬네브의 랜드마크 역할을 충분히 하고 있었다. 그 분수의 높이는 세계에서 제일 높다고 하니 새삼 놀라울 뿐이다.

그러나 스위스는 물가는 장난이 아니다. 복지가 잘 되어있는 스위스에서는 국민이 부담하는 세금도 만만치가 않아 물가가 너무도 높다는 것이다. 실제로 물 한병의 값이 동유럽의 3배 정도이니까 말을 할 수가 없다.

우리는 알프스를 오르기 위해 쥬네브에서 조금 떨어진 인터라켄의 한 유스호스텔에 숙소를 정했다. 유스호스텔에는 빨간 톱니바퀴 기차를 타고 융프라우에 가기 위한 젊은이들이 세계에서 모여들어 사람이 너무 많고 시끄러웠다. 우리는 그곳에서 우연히도 한국에서 온 두 청년을 만났다. 그들은 군대를 막 제대하고 학교에 복학하기 전 시간이 있어 유럽 자유여행을 하는 중이라고 한다. 그 젊은이들도 내일 융프라우를 오를 계획이라며, 자신들은 빨간 톱니바퀴 기차를 타지 않고 자전거를 타고 융프라우를 오르겠다고 했다. 옛말에 무식하면 용감하다고 했던가? 그 이야기를 듣자마자 우리는 겁도 없이 자전거를 타고 같이 가겠다며 덜컥 약속하고 말았다. 우리 아들도 오랜만에 한국에서 온 젊은 형들을 만나 기쁜지 자기도 자전거를 잘 탈 수 있다며 신이 났다.

우리 일행은 이튿날 호텔에서 산악자전거를 빌려 빨간 꼬마 기차의 출발 쪽 방향으로 자전거를 타고 달렸다. 그곳까지는 경사가 완만해서 자전거를 타고 가기에 별로 힘들지 않았다. 자전거 길은 꼬마 기차가 달리는 철길과 평행선을 이루고 있어 길은 쉽게 찾아갈 수가 있었다. 자전거를 타고 가다가 언덕길이 나오면 끌고 가고 그렇게 하며 우리는 알프스를 힘차게 오르고 또 올랐다.

말로만 듣던 알프스는 정말 아름다웠다. 그림처럼 어우러진 마을 집들 테라스에는 스위스 어느 집에서나 볼 수 있는 진한 분홍색 꽃들이 직사각

형 화분에 심어져 길게 드리워져 피어있었다. 사진 속에서 보던 알프스 모습보다 더 아름다운 곳을 우리는 자전거를 타고 지나가는 것이다. 아들도 아직은 별로 지친 내색 없이 열심히 페달을 밟고 있었다. 그때 아들은 열한 살, 초등학교 5학년 때였다. 그러한 아들을 바라보는 나는 참으로 대견하다는 생각이 들고 그렇게 씩씩하고 용감하게 알프스를 오르는 아들이 너무나도 고맙기까지 했다.

조금 더 지나자 꽤 큰 동네가 나왔다. 거기는 가게도 있었다. 나는 가게에 들러 착한 아들에게 아이스크림과 초콜릿을 사주었다. 아직 어린아이 틀을 벗어나지 못한 아들은 기분이 너무 좋아서 '귀국하면 친구들에게 알프스를 이야기해주겠다'며 사진을 많이 찍어 달라고 했다.

아주 어렸을 때 알프스 소녀 동화책을 아주 감명 깊게 읽었고 착하고 순수한 소녀가 사는 고장을 가보고 싶다는 생각을 할 때가 있었다. 알프스 소녀가 재미있게 놀았던 건초 더미가 가득 쌓여있는 창고도 생각나고 소녀가 뛰놀고 예쁜 꽃도 꺾어 놀던 그 알프스에 와 있다는 사실이 감격스러웠고, 지금도 기억이 많이 난다.

아들과 나는 자전거를 타고 가다 힘들어지면 알프스의 아름다운 하늘과 어우러진 높은 산봉우리를 바라보며 초록빛 잔디에 앉아 사진도 찍고 얘기도 하며 천천히 올라가고 있었다. 그런데 한참 후 맑았던 하늘에 비구름이 몰려오며 많은 소낙비가 내리기 시작한다. 갑자기 내리는 비치고는 제법 많은 양이 계속해서 내렸다. 우리는 커다란 나무 밑에서 비가 그치기만 기다리며 쏟아지는 소낙비를 바라보고 있는데 내리는 빗물에 의해서 알프스 골짜기에 수많은 폭포가 생기기 시작했다. 내리는 빗물의 양이 제법 많았는지 수십 개의 크고 작은 폭포는 아름다운 알프스를 더욱 아름답게 만

| 알프스를 자전거를 타고 오르다

들고 있는 것이었다.

한참 후 소나기가 그치자 우리는 또다시 자전거를 타고 산을 오르기 시작했다. 점점 힘이 들고 지쳐 이제는 아예 자전거를 끌고 가기조차 힘든 상황이다. 그러나 중간에 포기할 수는 없었다. 천천히 아주 천천히 오르기를 계속하자 드디어 꼬마 열차의 마지막 역에 도착할 수가 있었다. 그야말로 인간 승리라고 할 수 있을 만큼 장한 일을 해내고야 만 것이다.

초등학교에 다니는 꼬마가 자전거를 타고 알프스에 올랐다는 것이 너무 기특해서 아들에게는 그곳에서 파는 맛있는 햄버거와 콜라를 사주었다. 마지막 역에서 빙하가 있는 곳까지는 자전거로 갈 수가 없어서 우리는 거기서 올라왔던 길을 다시 내려가기 시작했다. 내리막길에서는 힘은 별로 들지 않아서 우리는 조금은 여유롭게 알프스를 구경하며 자전거 드라이브를 즐기며 신나게 내려가고 있었다.

그러나 방심은 금물이라고, 앞에 가던 아들이 급경사에서 갑자기 브레이크를 잡다가 자전거와 함께 앞으로 굴렀다. 뒤에서 봤을 때 완전히 360도로 한 바퀴를 돌며 꼬꾸라져 버린다. 나는 깜짝 놀라서 자전거를 세우고 넘어진 아들에게 달려갔다. 그러나 불행 중 다행으로 넘어지면서 언덕에서도 풀이 많은 곳으로 넘어져 큰 부상 없이 다리 정강이 부분만 조금 다쳐 피만 조금 흘렀다. 나는 배낭에서 붕대와 연고를 꺼내 다친 아들의 상처를 동여매 주었다. 미안해진 아들은 아무렇지도 않다며 펄쩍펄쩍 뛰어보기까지 했다. 아무도 없는 알프스 산비탈에서 만약에 뼈에 이상이라도 생겼으면 어땠을까 생각만 해도 끔찍한 일이 아닐 수 없다.

한참 쉬게 한 후 아들과 나는 다시 자전거를 타고 출발했다. 이번에는 천천히, 아주 천천히 알프스를 내려오기로 했다. 내려가다가 마을을 만나면 쉬면서 동네 가게에서 음료수도 먹고, 알프스의 아름다운 모습을 눈에 새기면서 말이다. 다시는 자전거를 타고 알프스를 오르지는 못 할거라는 생각에 자전거를 끌고 타기를 반복하며 무사히 숙소로 돌아왔다.

숙소로 돌아온 아들과 나는 너무나 지치고 피곤했다. 말로만 들어 알고 있는 알프스를 걸어서 갔다 와도 힘든 일인데 어린 아들과 자전거를 타고 끌며 알프스를 다녀왔다는 것이 꼭 꿈만 같은 사실이었다. 고생을 많이 하고 용감하게 알프스를 정복한 아들과 나는 그 날 저녁은 맛있는 것을 먹기로 하고 여러 사람에게 물어서 그곳에 있는 한국 음식점을 찾아갔다.

한식당에서 김치와 대구탕을 시켜 오랜만에 배가 터지도록 마음껏 먹었다. 나중에 계산서를 보니까 우리나라 돈으로 14만 원이 나왔다. 외국에서 한국 식당에 가면 음식값이 비싸다는 것은 알고 있었지만, 자유여행객이 쓰기에는 너무나 부담되는 가격이었다. 하지만 맛있게 잘 먹었기에 기분 좋게 계산을 하고는 아들과 손을 잡고 모처럼 즐겁게 노래를 부르며 숙소로 돌아와 뜨거운 물에 샤워하고 내일의 여행을 위해 잠을 청했다.

8
덴마크 코펜하겐 역
대합실에서의 만남

덴마크 인어상 앞에서

덴마크 수도 코펜하겐의 역에서 일어난 일은 지금도 잊히지 않고 생생하게 기억난다. 그날도 아들과 나는 코펜하겐 여행을 마치고 독일 함부르크로 가기 위해 기차역에 도착해 밤 기차를 타려고 했으나 출발하는 기차는 다음 날 아침에나 탈 수가 있었다. 여느 때와 마찬가지로 대합실에서 1박을 하기로 하고 배낭에 기대 잠을 청했다. 덴마크는 복지 정책이 잘되어 있는 나라이지만, 가난한 배낭 여행객이 게스트하우스에서 잠을 자기에는 방값이 너무 비쌌다. 그리고 기차가 아침 일찍 출발하기에 때문에 약 10시간만 견디면 된다는 생각에 대합실 바닥에 잠을 청했다.

그런데 뜻밖에 문제가 생겨 버렸다. 코펜하겐의 대합실은 다른 유럽의 대합실과는 다르게 밤 12시가 되면 청소를 위해 밖으로 나가야만 했고, 4시간 후 청소가 끝나면 다시 들어 올 수 있다는 걸 역 직원들이 우리를 깨운 후에야 알게 된 것이다. 너무나 황당했지만 우리는 어쩔 수 없이 밖으로 쫓겨나야만 했다. 하필이면 밖에는 비가 세차게 내리고 있어 정말 난감한 순간이었다. 갈 곳이 없었다. 그렇다고 4시간 보내려고 게스트하우스에 가기에는 돈이 너무 아까웠다.

대합실 밖 상가 처마 밑에 비를 피한 우리는 처량한 모습으로 시간이 지나기만 기다리고 있었다. 아들에게 자립심을 키워 준다는 명분이었지만 어린 아들에게까지 비가 오는 처마 밑에서 밤을 새우게 한 것이 나는 지금 돌이켜보면 후회가 된다. 그것이 잘못된 판단이었다고 생각한다. 돈을 아끼지 말고 숙소에 들어가 피곤에 지친 어린 아들을 편히 재웠어야 했는데 말이다. 밖으로 쫓겨난 사람들은 대부분 숙소를 찾아갔고, 상가 처마 밑에는 우리를 비롯해 5~6명의 사람만 남았다.

우리 옆에는 남루한 옷차림새의 젊은 남자가 쭈그리고 앉아 쏟아지는 빗줄기를 바라보며 담배를 피우고 있었다. 그 사람은 러시아 사람이었다. 러시아에서 부모님과 부인, 어린 아들 그리고 동생들을 부양하는 가장인 그는 러시아에서는 경기가 좋지 않아 살기 좋다는 독일에 가서 건축 일을 하는 친구를 찾아가는 중이라고 했다. 핀란드를 거쳐 덴마크를 거쳐 독일 함부르크로 가는 기차를 타려는 것이다.

우리는 무슨 말을 했는지 모르겠지만 많은 이야기를 나누었다. 대합실이 열리는 새벽 4시까지 말이다. 그 남자는 러시아 사람이었고 나는 한국 사람인 데다 둘 다 영어를 잘 못 했지만, 상대방의 손짓, 몸짓, 표정을 보며 많은 이야기를 나누었다. 배낭 여행이 아니면 느끼지 못하는 여행의 즐거움이고 일화였다. 시간이 지나 대합실에 들어와 창구에 줄을 서 있는 나에게 먼저 출발하는 러시아 사람이 다가와 작별인사를 한다. 귀국할 때까지 건강하게 여행을 잘하라며 인사를 했다. 그리고 내 곁에 있는 어떤 사람이 자기 생각에는 소매치기 같으니까 주의하라는 말도 남기고 그 러시아 친구는 떠나갔다.

　여행하다 보면 유럽은 동양 사람인 나는 모르는 게 너무 많은 것 같다. 지금은 덴마크와 독일 함부르크 사이로 철도가 직접 연결되었다고 하는데, 그때만 해도 덴마크와 함부르크 사이는 기차가 배 안으로 들어가 바다를 건넜다. 그런 이색 경험이 굉장히 기억에 남는데, 지금은 그렇지 않다고 하니 한편으론 아쉬운 마음이 든다. 문명의 발전이 다 좋은 것만은 아닌 듯싶다.

9

아들의 유학

12사도 바위 해변 앞에서

| 유학간 아들의 고등학교 사진

 ## 한국 사람이 전혀 없는 호주 시골 마을로 결정

아들과 같이 수년간을 같이 여행을 하면서 느낀 점은 앞으로 세상을 살아 가려면 영어를 꼭 잘해야 되겠다는 것이었다. 앞으로 미래에는 특히 아들 세 대에는 영어가 꼭 필수가 되리라고 생각이 들었다. 그래서 여행 중에 유럽 사람이나 미국 사람을 만나 동행을 하게 되면 그들과 어떤 말이든지 대화를 하게 했다. 영어가 유창한 그들과 대화를 하다 보면 발음도 정확해지고 단어 도 많이 습득할 수 있는 학습효과가 있다고 생각했기 때문이었다.

나는 처음에는 아들에게 미국 여행객들과 같이 대화하라며 거의 강제로 지시를 하였다. 처음에는 서툴기만 하던 아들의 영어 실력도 세월이 흐름에 따라 그들과 어느 정도 의사소통을 할 수 있을 만큼 되었다. 그리고 아들의 생각이 스스로 바뀌게 되어 간다. 영어의 필요성과 중요성을 느끼게 되고 그들과 대화가 어느 정도 가능해지자 점점 영어에 대해 두려움이 없어지고 자신감을 가지게 되었고 흥미를 느끼기 시작했다.

그러나 여행 중에 잠깐 대화를 하며 배우는 것은 한계가 있었다. 그래서 나는 유학에 대해 생각하게 되었다. 아들의 영어 실력 향상을 위해서는 유학을 보내기로 결심하고 유학에 대하여 정보를 듣고, 어느 나라가 좋을지 많은 생각을 하게 되었다.

유학을 결정적으로 결심하게 된 동기는 인도 여행에서부터이다. 인도는 영국의 식민 지배를 받아 왔기 때문에 상류층이나 엘리트 그룹은 영국 사람처럼 영어를 잘한다. 뉴델리 여행 때 나는 아들과 함께 뉴델리 대학을 가 볼 기회가 있었다. 뉴델리 대학은 인도에서도 명문대학으로 손꼽히는 대학답게 규모가 크고 넓었다. 교실 건물은 대부분 고층이었고 학교의 넓이는 상상을 초월할 만큼 넓었다. 하나의 작은 도시라고 해도 될 만큼 넓고 컸다.

대학에서 학생들을 만나 많은 대화를 아들에게 시켜 보았다. 그 결과 나는 깜짝 놀랐다. 그곳 뉴델리의 학생들은 인도 사람이지만 말은 영국 사람과 똑같이 유창하게 영어를 구사했다. 유엔에 근무하는 동시 통역사의 50% 이상이 인도 사람이라는 사실을 실감하게 되었다. 그 이후 나는 아들의 미래를 위해 외국 유학을 좀 더 깊게 생각하는 되었다.

미국과 영국으로 유학을 가면 좋겠지만, 유학비용이 부담되어 상대적으로 비용이 저렴한 호주나 캐나다 쪽으로 생각하게 되었다. 아들이 중학교를 졸업할 때쯤에 우연히도 우리에게 기회가 왔다. 호주 빅토리아 주에 있는 학교들이 서울에 와서 자기 학교로 우리 학생들을 유치하기 위해서 유학 설명회를 한다는 것이었다. 나는 주저함 없이 아들과 함께 서울로 향했다. 서울 어느 호텔 로비에서 열리고 있는 유학 박람회장에는 빅토리아 주에 속해 있는 약 20여 개 학교에서 나름대로 자기 학교의 자랑과 특성을 팸플릿에 적어 홍보하며 상담을 하고 있었다.

상담장에는 사람이 많이 몰려 복잡했다. 나는 여러 상담장을 돌아다니며 학교가 있는 도시에 한국 사람이 있는지 그 학교에 한국 학생이 있는지를 물어보고 확인을 했다. 왜냐면 여행 중에 보고 느낀 것이, 한국 사람이 많이 살고 한국 학생이 많은 학교에는 영어보다는 한국말을 많이 하게 되고 또 유학 목적에 맞지 않게 비뚤어진 행동을 하는 모습을 많이 경험했기 때문이다.

그리고 자식을 위하며 보호한다는 명분 아래 엄마가 같이 유학을 가는 것을 나는 절대 아니라고 생각한다. 자식에 대한 사랑이거나 아니면 자신의 무료한 일상의 탈출을 위해 자식하고 동반하는 유학은 자녀의 자립심과 영어 실력 향상에는 절대 금물이라는 걸 여행 중에 많이 보고 배웠기 때문이다.

나는 많은 상담소 중에 한 부스에서 그 도시와 학교에 한국인이 한 사람도 없다는 학교의 교감 선생님 말씀을 듣고 그 학교에 보내기로 결정을 하고 즉시 서류에 사인했다. 유학에 필요한 서류를 적고, 서류 준비를 철저히 했다.

아직도 어리기만 한 아들이 세상에서 가장 좋아하는 할머니와 자신을 위해 헌신적인 노력을 하는 엄마와 헤어지는 섭섭한 마음이 들까 염려해

전광석화처럼 서류를 진행했다. 그로부터 약 20일 후, 나는 눈물을 흘리며 손자의 손을 놓지 못하시는 어머니와 그런 할머니를 떠나기가 싫은 아들을 재촉해 호주로 향했다.

아들이 다니기로 되어 있는 학교가 있는 곳은 호주 남쪽 해안 멜버른에서 기차를 타고 서쪽 해안선을 따라 약 3시간쯤 가야 하는 조그마한 휴양도시, '우남불'이라는 곳이었다.

인구도 별로 많이 보이지도 않았고 상가도 별로 보이지 않는 그야말로 한적하고 조용하기만 한 시골 마을 같아 보였다. 이렇게 조용하고 아름다운 휴양도시에서 아들이 유학 생활을 하며 지낸다고 생각을 하니 마음이 흡족했다. 우선 유해 환경이나 유해 업소가 전혀 보이지 않는 환경이 청소년의 탈선 우려는 하지 않아도 될 것 같아 안도감이 들었다.

 ## 어린 아들이 혼자 힘으로 잘 적응하다

기차역까지 마중 나와 주신 교감 선생님을 따라 우선은 교감 선생님 댁에 여정을 풀었다. 이튿날 우리는 아들의 홈스테이가 예약되어 있는 집으로 갔다. 그런데 다행히도 그 집 내외분은 두 분 다 아들이 다니기로 되어 있는 학교의 선생님들이셨고, 또 그 학교에 다니는 아들도 두 명이나 있었다.

그분들은 아들이 도착하기도 전 벌써 한국의 역사와 문화에 관한 책과 한글 사전을 공부하고 계신다고 했다. 정말로 고마운 분들이 아닐 수 없다. 그 학교에서도 외국인 유학생은 처음이었고 특히 머리가 까만 동양인은 개교 이래 처음이라고 하며 배려를 많이 해 주신 것 같았다.

학교에서는 선생님 한 분이 아들의 학교생활이나 방과 후 시간까지 같이 관리되도록 지정이 되어 있어 정말 특별한 관심과 배려에 고맙고 황송하기까지 했다. 아들의 영어 실력이 어느 정도 수준이 되는지 테스트를 해 본 학교 측에서는 랭귀지 코스를 거치지 않고 내일부터 곧바로 수업에 참석하라고 했다. 아들이 영어로만 하는 학교 수업을 따라갈 수 있을지 매우 걱정되었지만 '잘해주겠지' 하고 모든 걸 긍정적으로 생각하기로 했다.

우남불의 날씨는 우리나라 늦가을 날씨처럼 약간은 쌀쌀하고 남극에서 곧바로 불어오는 싱그러운 바람은 지상 최고의 낙원이라고 해도 손색이 없을 만큼 아름답고 맑으며 쾌적한 환경 속에 오염이라고는 찾아볼 수 없을 정도로 훌륭했다.

내가 입고 갔던 하얀 셔츠가 며칠을 계속 입어도 더럽혀지지 않고 계속 깨끗한 상태였다. 주민들도 생각보다 친절했다. 동양인을 처음 대하는 듯 호기심 어린 눈빛으로 말을 걸어오는 사람도 있고, 눈이 마주치면 웃어주는 마음씨 고운 사람들이었다. 한국 유학 박람회까지 오셨던 교감 선생님께서는 특별히 나를 위해 고래가 출몰한다는 인근 해변까지 데려가 주셨다. 12 사도의 바위가 예쁘게 서 있는 아름다운 해변에서 고래가 줄을 지어 헤엄치는 모습은 장관이 아닐 수가 없다.

나는 그곳에서 오래 머물 수 있는 형편도 아니었고 또 경비 문제도 있어, 5일간만 머물다 그곳을 떠나기 위해 기차역으로 향했다. 나를 배웅 나온 아들은 내가 탄 기차가 떠나기도 전에 돌아서서 발걸음을 천천히 옮기고 있다. 흐르는 눈물을 나에게 보이지 않으려고 먼저 돌아선 것이었다. 나는 이것이 과연 아들을 위한 최선의 길인지 확신이 서지 않았지만 모든 것을 잘 이겨 내리라고 생각하며 나도 눈물을 닦았다.

호주는 물가가 비싸다. 그리고 항공료도 만만치가 않다. 여러 가지 사정으로 아들에게는 자주 가 보지 못했다. 1년에 한 번 정도밖에 갈 수 없었다. 학비와 하숙비 그리고 아들에게 조금 주는 용돈은 우리에게는 조금은 부담이 되는 금액이었다. 아들의 학교생활은 비교적 무난히 잘 견뎌 내는 것 같았다. 영어도 빠르게 익숙해지는 것 같고 친구도 이름을 다 외우지 못할 만큼 많이 사귀었다고 했다.

아들은 운동을 좋아해서 스스로 체력관리도 열심히 하는 편이었다. 그래서 그곳에서도 주민들이 모여서 하는 미식 축구팀에 가입하여 열심히 하고 해변인 그 지역의 특성에 맞게 파도타기도 곧잘 하게 되었다. 그곳은 남극에서 불어오는 바람이 제법 세서 파도타기를 하기에는 최적의 해변이라고 했다. 학교생활은 비교적 무난했지만, 호주의 백호주의라는 벽은 역시 높기만 했다. 동양인을 처음 보는 학생들은 신기해하며 피부를 한 번만 만져 보자고도 하고 어떤 학생은 노골적으로 괴롭히기도 했다.

그중에서도 특히 체격이 좋은 학생은 일부러 부딪히고 손가락으로 모욕하며 깔보고 괴롭혔다고 한다. 그러나 아들은 잘 참고 견디어 냈다. 그러던 어느 날 그 못된 학생에게 응징을 해 줄 수있는 기회가 왔다.

빅토리아 주 내에 있는 학교 연합 체육대회가 있었는데, 아들이 학교 대표로 태권도 선수로 참가하게 되었다. 한국에 있을 때 태권도 도장에 조금 다닌 경력이 있는 아들은 무난히 우승을 했고, 금메달을 탈 수가 있었다. 메달 시상식을 하고,다니는 학교에서 다시 한 번 전교생을 모아 놓고 교장 선생님께서 훌륭한 학생이라는 칭찬과 함께 메달 수여식을 해 주었다고 한다.

이 소식을 접하게 된 학생들은 아들을 대하는 태도가 달라졌고 갑자기 그 학교의 영웅이 되어 버렸다. 아들을 괴롭히던 체격 좋은 그 학생은 당연히 아들을 찾아와 그동안 자기가 미안했다며 사과를 하고 친하게 지내는 친구가 되었다는 소식을 전해왔다.

한국에 있을 때부터 보스 기질이 있었던 아들은 드디어 친하게 지내는 친구가 40여 명이 되어 친구들의 생일 파티 집으로 초대 등 바쁘고도 비로소 즐거운 학교생활을 하게 되었다.

| 다이질링의 시내버스

| 인도의 수행자 사두

| 네팔의 현지인들과 함께

|사자한 왕이 아들에 의해서 유폐 당했던 아그라성

|타지마할 앞에서

|네팔로 가는 도중 만난 현지인들

|히말라야를 넘는 트럭

| 캄보디아 앙코르와트 앞에서 아들과 함께

| 라싸를 출발해서 네팔로 가는 도중에 만난 현지인들

| 우리를 반겨 주는 소녀와 함께

| 히말라야에서 만난 아이들

| 우리가 떠날 때 길모퉁이에서 숨어서 바라보는 소녀

| 나에게 오이를 건네주던 맑은 소녀와 함께

치앙마이에서 띄우는 편지

II

바람을 따라!

우연한 기회에 찾아온 일본 자유 여행으로

나의 바람 같은 여행 인생이 시작되었습니다.

여행을 통해 인생의 참 의미를 깨닫고,

가족의 소중함을 찾은 여행의 추억을 소개합니다.

1

일본 여행

 자유여행의 시작, 일본

내가 처음으로 여행을 시작한 것은 자유여행이었다. 경북 경산시에 위치한 영남대학교 앞에서 조그만 슈퍼를 하는 나는 우연한 기회에 아는 선배 한 분이 일본 후쿠오카로 약 10일 동안 배낭여행을 가는데, 나한테 같이 가면 어떻겠냐는 연락이 와서 시작하게 되었다.

나는 외국을 다녀온 여행은 한 번도 경험이 없어 설레고 당황하기도 했다. 자영업을 하는 나는 비교적 시간을 비우기가 수월했던 덕에 가족들과 의논 후 여행 준비를 했다. 목적지는 일본 남쪽 후쿠오카 지방과 근처에 있는 온천 그리고 아소 산이었다.

설렘과 기대감에 부풀어 여행 준비를 마치고 우리 일행은 일본 규슈지방을 향해 출발했다. 일본에 도착해 처음 느꼈던 것은 뜻밖에 거리가 너무나도 깨끗하다는 것이었다. 거리에 쓰레기는 하나도 찾아볼 수가 없었으며 모든 게 정리 정돈이 잘되어 있는 깨끗했던 모습을 지금도 지울 수가 없다. 그리고 일본이 너무나도 크고 넓다는 것이다. 그때까지 생각은 섬나라인 일본은 섬 그 자체로 좁고 작다는 생각을 하고 있었는데, 그 생각이 틀렸고 그때까지 내가 우물 안의 개구리같이 살아왔다는 것을 새삼 느끼며 앞으로 기회가 되면 많은 여행을 하며, 특히 자유 여행을 하며 사는 사람이 되어야겠다는 생각을 했다.

아소 산을 향해가는 꼬마 관광 열차에서 기차역도 아닌데 경치가 좋은 곳에서는 아무 곳에서나 기차를 세우고 웃으며 즐겁고 경쾌하게 설명을 해주는 차장의 모습을 보며 일본 사람은 친절한 사람들이구나 하는 생각을 많이 하게 되었다.

아소 산에 도착해 보았던 벌채를 해서 한 곳에 쌓아 놓은 목재를 보니 부러운 마음이 들었다. 돌이켜보면 일본은 그때도 이미 산에 유휴지 없이 계획된 조림을 하여 목재를 생산하는 임업 강국이었던 것이다.

숙소에 도착하니 일본의 전통 복인 기모노 차림을 한 아줌마가 생글생글 웃으며 우리를 반겨주었다. 그리고 일본식으로 된 잠옷을 우리에게 주었는데, 그때까지만 해도 일본에 대하여 거부감이 컸던 나는 그 잠옷을 입지 않았다. 지금 돌이켜 생각해보면 웃음이 저절로 나오는 옹졸한 행동이었다. 같이 여행을 간 선배들이 예전 일본에서 유학하던 때가 생각난다며 전통 잠옷을 입고 좋아하는 모습도 못마땅했던 나였으니까 말이다.

이튿날 아소 산에 오른 일행은 분화구에서 아직도 피어오르는 연기와 시뻘건 용암이 끓어오르는 모습을 신기함과 두려움이 섞인 눈으로 바라보았던 기억이 지금도 생생하다. 땅속에서 하늘 높이 뿜어 오르는 온천수와 형형 색깔의 온천 등 다양한 일본의 온천 문화가 부러워졌다. 며칠 전 뉴스에서 아소 산 출입이 통제되고 있다는 소식을 보았다. 그 화면을 보고 있으니 그때 보았던 아소 산 분화구의 모습이 새삼 떠오른다.

 ## 내 인생의 대전환점, 자유여행

일본에서 돌아오는 길에 코끼리 밥솥과 여성용 스타킹을 꼭 사오라는 집사람의 부탁에 밥솥과 스타킹을 여러 개 사왔던 것이 생각이 난다. 밥솥은 우리나라 주부들이 갖고 싶은 목록 1위였고, 좀처럼 떨어지고 구멍이 나지 않는 스타킹은 선물로최고였다.

지금은 중국 유커들이 우리나라에서 밥솥을 많이 사 간다고 하는데, 우리나라의 발전과 세월의 흐름에 그때 내 모습이 지금 중국 유커들과 겹쳐져 웃음을 짓게 한다. 그때의 그 일본 자유여행이 촉진제가 되어 20여 년 동안 세계 각국을 찾아다니는 자유여행을 다니게 되었다. 그야말로 내 인생의 대전환점이라고 할 수 있다. 그때만 해도 우리나라는 경제 발전의 초기 단계였기 때문에 세계여행을 한다는 건 아무나 생각할 수 없는, 부담되는 일이었다. 특히 아들과 둘이서 하는 여행은 거의 하는 사람이 없는 시절이었다.

그래서 나중에 여행에서 만난 대학생들이 우리 아들에게 "민형아 너는 좋겠다. 초등학교부터 배낭 여행을 할 수 있는 아빠가 있어서 너무 좋겠다."

하며 부러워했었다.

그러나 나는 지금 생각하면 오히려 같이 다녀 준 아들에게 고마움을 느낀다. 어린 아들과 함께 배낭을 메고 세계 여행을 하며 같이 고생하고 즐거운 시간을 보낼 수 있었다는 게 다시 생각하면 내가 아들에게 미안하고 고마운 것이다. 그리고 또 하나님께도 감사드린다.

가끔은 아는 사람이나 친구들이 나에게 부러운 듯이 말을 한다. "야! 친구야 너는 영어를 잘하는가 보구나! 그리고 돈도 많이 벌었구나!" 하며 부러운 듯 말을 할 때도 있다. 그러나 나는 분명히 말할 수 있다. 솔직히 말하면 영어는 겨우 'OK', 'Thank You' 정도만 할 수 있다. 한 번은 면세점을 가야 하는데, "TAX FREE' 이 단어를 몰라 옆에 여행하는 대학생에게 창피를 무릅쓰고 물어서 면세점을 찾아갔을 정도로 영어 실력이 좋지 않다.

그리고 돈이 많은 것도 절대 아니다. 그 당시만 해도 배낭 여행은 코펠·버너·고추장·라면 심지어는 멸치볶음까지 가지고 다니던 시절이었기 때문에 배낭의 크기는 컸지만, 돈은 항공료를 제외하면 그렇게 많이 필요하지 않았다. 특히 숙박료를 아끼기 위해 야간열차를 이용했고 기차역 대합실에서 자는 경우도 많았다. 유럽의 기차역 대합실은 깨끗하고 에어컨도 시원하게 들어와 저렴한 게스트하우스보다 더 쾌적하고 편할 때가 많았다. 특히 경찰들이 지켜주어 치안 문제도 염려할 것이 없었다.

2
아내와 누나와 함께한 동남아 육로 여행

태국 치앙마이 북부에 있는 롱넥족들과 함께

| 초등학교 1학년 아들과 함께

 치앙마이에서 시작, 라오스를 향하여

　동남아시아 중앙에 자리한 태국은 자유 여행자들에게는 거점 국가로 인기가 높다. 특별히 도시가 잘 발달된 건 아니지만 생활하기에는 불편하지 않을 만큼의 문화 수준과 편의 시설이 되어 있어 동남아시아의 여러 나라를 여행하기에는 거점 국가로서 여러모로 편리한 위치에 속한다. 그래서 나는 태국 북부에 있는 도시 치앙마이에 조그마한 원룸을 장기간 렌트를 하고 육로 여행을 위해서 조그만 자동차도 하나 마련하고 동남아 육로 여행에 도전하게 되었다.

　치앙마이는 태국 제2의 도시이지만 인구는 많지 않다. 기후는 고산지대에 속해 열대 지방이지만 덥지도 않고 산이 많고, 산속에는 산족이라 불리는 착한 사람들이 많이 살고 있어 낯선 이방인이 생활하기에는 최선의 선택이라고 생각했다.

육로를 통해 다른 나라로 건너가는 기분은 우리나라에서는 경험해 보지 못한 일이기에 몇 해 전부터 생각하고 꿈꾸어 왔었다. 그리고 그 꿈을 실현할 육로 자동차 여행을 치앙마이에서부터 시작하게 되었다.

제일 먼저 자동차를 운전해 라오스 국경을 넘는 일정을 선택했다. 태국의 차는 우리나라와는 달리 운전대가 오른쪽에 있어서 처음 운전을 시작할 때는 서툴렀는데, 많은 연습을 하고 노력 끝에 어느 정도 자신감이 생겼을 때 출발을 했다. 아들이 유학으로 떠난 빈자리는 집사람이 함께했으며, 평소 우리 집에 많은 도움을 주신 누나도 동행하였다.

태국에서 라오스로 넘어가는 국경은 여러 곳이 있는데, 나는 치앙마이에서 가까운 '치앙콩'을 향해 차를 운전했다. 국경도시 치앙콩에 도착한 우리는 출입국 관리소에 출국 신고를 하고 또 세관에 신고해야만 한다. 태국의 재산인 자동차를 가지고 나가기 때문에 세관에 신고를 해야 하고, 들어올 때도 세관에 신고를 해야 한다. 치앙마이의 자동차 검사장에 가서 미리 준비한 자동차 여권에 사람처럼 스탬프를 찍어 주었다.

치앙콩에서 라오스 국경도시 '후에이사이'로 가려면 메콩 강을 건너야만 한다. 강을 건너려는 차 뒤에 줄을 서서 큰 배에 우리 차를 실었다. 배가 얼마나 큰지 자동차가 많이도 들어갔다. 자동차가 건너는 운임은 태국 돈으로 1,000밧이고, 휴일에는 더 비싸 1,500밧이나 했다. 태국 물가로는 만만치 않게 큰돈이다.

라오스 국경도시 후에이사이에 도착한 우리는 재래시장을 찾아가 맛있는 쌀국수로 요기하고 소수 민족이 많이 살고 있다는 라오스 북부에 위치한 '루앙남타'로 향했다. 사회 기반 시설이 태국에 비해 많이 열악한 라오스는 도로 상태도 별로 좋지가 못했다. 태국과는 달리 라오스에서는 오른쪽 통행으로 통행 방법이 바뀌어서 조심조심 천천히 가야만 했다. 이번 여행은 네팔을 거쳐 최종 목적지인 인도까지 가는, 조금은 긴 여행이었다.

네팔과 인도를 가보지 못한 집사람과 누나를 위해 조금은 긴 여행을 해야 하기 때문에 일정을 빠르게 진행하기로 했다.

처음에 치앙마이의 파란 하늘에 감탄하고 즐거워했었는데, 라오스 하늘은 치앙마이 하늘과는 비교하지 못할 만큼 더 맑고 파랬다. 하늘에 떠 있는 새털구름은 예쁘다 못해 눈이 부실 정도로 아름다웠다. 그 아름다움은 말로 다 형용할 수 없을 정도이다.

루앙남타에 도착한 우리 일행은 숙소에 짐과 차를 맡기고 조금 이른 저녁 식사를 위해 재래시장을 찾아 나섰다. 재래시장에는 역시 사람이 많이 모여 있었고 왁자지껄 떠드는 소리에 사람이 살아가는 생기가 느껴지며 즐거워졌다. 길가에 숯불을 피워 놓고 석쇠에 고기를 굽고 있는 노점에 앉아 고기를 한 접시 시켰다.

그런데 주인아줌마의 표정이 별로 좋지가 않다. 이상했다. 우리가 혹시 실수를 한 것인지 어리둥절해서 고기를 빨리 달라고 재촉을 했다. 그러자 아줌마는 우리에게 다가와 고기를 먹을 수 있겠냐고 묻는 거 같았다. 라오스 말은 태국 말과 비슷한 말이 많아 어느 정도는 알아들을 수가 있었다. 나중에 그 아주머니는 멍멍, 하고 소리를 내어 그 고기가 개고기라는 사실을 알려주며 웃었다.

라오스 사람들도 개고기를 먹는다니 새삼스러운 경험이다. 우리는 개고기와 함께 굽는 염소고기를 시켜 조금은 질겼지만 맛있게 먹고 그 시장을 떠났다. 이튿날 새벽 루앙남타를 떠나 다음 여행지 '우돔사이'로 향하기 전 그 재래시장을 다시 찾았다.

그 전날 야시장과 새벽시장은 분위기가 달랐다. 새벽시장에는 싱싱한 채소와 근처 메콩 강에서 잡은 민물고기 그리고 산에서 사냥한 여러 종류의 동물과 심지어 새들까지 팔고 있었다. 노루와 멧돼지까지 없는 게 없는 새벽시장이다. 그곳 음식을 파는 노점에서는 일찍부터 장작불을 피워서 맛있는 쌀국수를 팔고 있었다.

인심 좋아 보이는 할머니 노점에 앉아 맛있는 쌀국수를 맛있게 먹고 우리는 출발을 했다. 출발 전 싱싱한 민물고기와 함께 파는 곳에서 대나무에 줄을 묶어 파는 참개구리를 몇 꾸러미 사서 차에 실었다. 차 뒤 칸에는 취사를 할 수 있는 도구가 실려 있었기에 요리를 하기 위해서이다. 우돔사이로 들어가기 전 한적한 산모퉁이에 차를 세우고 시장에서 산 참개구리를 코펠에 물을 붓고 고추장을 듬뿍 풀어 개구리 매운탕을 끓였다. 먼 옛날 어렸을 때 먹을 것이 귀했을 때 몇 번 먹어본 경험이 있어 별 거부감 없이 맛있게 개구리 매운탕을 다 먹어 버렸다. 자유여행이 아니면 경험하지 못할 특별한 경험이다.

 중국 국경 마을로 갈 수 없다

얼마 지나자 우리의 차는 중국 국경 방향과 우돔사이 쪽으로 가는 갈림

길에 들어섰다. 나는 좌회전을 해서 중국 국경 마을 '보텐'으로 나아갔다.

30분 남짓 지나자 라오스 쪽 출입국 관리사무소가 보였다. 그곳에서는 국경을 넘나드는 많은 버스와 물건을 산더미처럼 실은 컨테이너 트럭 등 우리나라에서는 전혀 볼 수 없는 광경이 펼쳐졌다. 우리나라도 남과 북이 육로를 통해 자유로이 왕래할 수 있다면 얼마나 좋을까? 라는 부러운 생각을 하다 궁금한 점이 생각났다.

차를 운전해서 중국으로 들어갈 수가 있을까? 하는 의구심에 출입국 관리 사무소 공안에게 물어보았다. 젊은 청년처럼 보이는 공안은 자기도 잘 모르겠다며 여러 곳에 전화로 문의도 했지만, 확인이 되지 않았다. 나는 하도 어이가 없어서 출입국 관리사무실에 근무하는 사람이 그 정도 일도 모르냐며 따지듯 묻자 갈 수 있을 것 같기도 하고, 못 갈 것 같기도 하다며 애매하게 말끝을 흐리다가 갑자기 좋은 방법이 있다며, 나에게 직접 중국에 가서 물어보고 오라고 했다. 참 황당한 말이었다. 어떻게 비자도 없이 국경을 넘느냐고 물었더니 괜찮다며 빨리 갔다가 오란다.

| 라오스 축제 모습

조금은 어이가 없는 제안이었지만 호기심도 생기고 한 번쯤 경험해 보고 싶은 마음이 있어 그 젊은 공안에게 갔다 오겠다고 하고는 라오스 국경을 넘어 중국 쪽으로 넘어 갔다. 사실 상식적으로는 이해할 수 없는 일이었다. 아무튼 나는 중국 쪽 검문소에 가서 그곳 공안에게 차를 가지고 국경을 넘을 수 있는지 문의했는데, 불가능하다는 답변을 받았다.

나는 이왕 간 김에 뭐라도 해야지 싶어 면세점에 들러 고량주 한 병을 사서 다시 라오스로 돌아왔다. 그리고 젊은 공안에게 중국 쪽에서는 불가능하다고 했다고 말을 전하자, 그 젊은 공안은 그제야 자기도 사실 그렇게 생각하고 있었다며 나에게 수고했다며 거수경례를 하며 잘 가라고 인사까지 해주었다. 좀처럼 겪어보지 못할 경험을 하고 우리는 다시 차를 돌려 우돔사이 쪽으로 향했다.

10일간의 라오스 여행

우돔사이는 라오스 북부에 있는 꽤 큰 도시다. 이곳은 중국 국경과 가까이에 있어 중국 사람들이 경제를 장악하고 있다. 여기서 동쪽으로 가면 베트남 국경을 넘어 '하노이'로 갈 수 있는 교통의 요충지이기도 했다.

우리는 일정이 바빴기 때문에 빠르게 이동을 했다. 라오스 수도 '비엔티안'으로 내려가는 남쪽 길은, 길도 험하고 아스팔트도 많이 망가져, 운전이 어려웠고 길이 너무 멀어 너무나도 피곤하기만 했다.

관광객이 많이 찾는 '방비엔', '루앙프라방'을 거쳐 라오스 수도 비엔티안

입구에 도착했다. 도시 입구에는 공안들이 바리게이트를 치고 검문검색을 하고 있었다. 우리 차는 태국 차량 번호였는데, 꽤 어려 보이는 젊은 공안이 우리 차를 세웠다. 나는 차를 세우고 문을 내리며 그 젊은 공안에게 "헬로우"하고 인사를 했다.

그러자 나를 바라보던 젊은 공안의 얼굴이 빨개지며 다음 말을 하지 못했다. 표정을 보니 외국인 차를 괜히 세웠다는 생각이 들었는지, 표정이 울상이었다. 그러더니 빨리 저쪽에 서 있는 친구를 손짓으로 불렀다. 아마도 그 친구는 영어를 잘하는 모양이었다. 빠르게 달려온 그 친구는 나에게 거수경례를 씩씩하게 하고 "라이센스"하고 나에게 말했다. 나는 갑자기 장난기가 발생했다. 그래서 국제운전면허증 대신 내 지갑에 있던 한국 면허증을 보여 주었다.

한글로 되어 있던 면허증을 보고 어떤 표정을 할까? 궁금했기 때문이다. 그러나 그 친구는 씩씩하게도 한국 면허증을 받아 들고 눈에 갔다 대고 본다. 정확히 약 1초 동안 보더니 씩씩하게 면허증을 돌려주며 외쳤다. "Thank you. Let's go"라고 그 친구는 나를 빨리 보내고 싶었던 모양이었다. 오랫동안 시간을 지체하면 자기의 영어 실력이 바닥나 버릴 것 같은지 우리에게 거수경례까지 하며 빨리 가라고 재촉했다.

라오스 사람은 착하다. 특히 산악지역이 많은 북쪽 라오스 사람들은 아직도 순수 그 자체이다. 라오스 수도 비엔티안을 지나 남쪽 캄보디아로 가는 길목에 자리잡은 '팍세'에 들어섰다. 메콩 강이 도시 중심을 흐르고 땅이 기름지고 농토가 넓어, 사람들이 사는 게 풍족해 보이는 그런 도시였다. 산이 많은 북쪽과는 달리 여기는 산이 없고 끝이 보이지 않을 만큼 평야가 있어 지평선이 보이지 않을 만큼 넓다.

위험 천만한 버스를 타고 네팔 '포카라'로

우리는 약 10일간의 라오스 여행을 뒤로하고 바쁜 다음 여행 일정 때문에 라오스를 떠나 다시 태국으로 돌아왔다. 라오스 팍세와 태국 방콕은 지도상으로 보면 거의 비슷한 위도에 있어 팍세에서 똑바로 서쪽으로만 향하면 방콕 인근에 위치한 국제공항 '스완나품 공항'으로 갈 수 있다. 우리 여행의 최종 목적지인 네팔과 인도로 가기 위해서는 공항에서 비행기를 타야 했기에 공항 근처의 깨끗한 호텔에서 하룻밤을 묵기로 했다.

친절하고 예쁜 호텔 아가씨에게 부탁해 주차비를 내고 우리가 돌아올 때까지 차를 맡기로 했다. 티켓을 미리 발권을 해두었기 때문에 공항에서 별다른 어려움 없이 네팔 수도 '카트만두'로 이동할 수 있었다. 현지에서 발급해 주는 입국 비자를 받아 공항에서 택시를 타고 카트만두 여행자들이 많이 모이는 여행자 거리의 게스트하우스에 들어갔다.

자유 여행자들이 대부분 그렇겠지만 네팔 카트만두는 볼 것도 많고, 물가도 저렴해 몇 번씩은 둘러보는 관광 명소다. 나 역시 몇 번 와 본 경험이 있어 우리는 히말라야 가는 길목에 위치한 '포카라'로 가기로 하고, 이튿날 일찍 포카라행 버스에 승차했다.

버스가 터져 나갈 만큼 많은 사람을 태운 버스는 시내를 벗어나 구불구불 험한 산길을 정말 빠른 속도로 달렸다. 꼭 자동차 경주를 하는 것만 같다. 마주 오는 차와 부딪힐 것만 같은 아찔한 느낌에 눈을 꼭 감아 버리기를 몇 번, 다시는 이 버스를 타지 말아야 겠다고 다짐했다.

실제로 포카라까지 가는 도로는 좁고 비좁으며 길이 파여 울퉁불퉁 엉망이다. 그런 길을 운전기사는 브레이크 한 번 잡지 않으며 가니, 정말 위험천만한 운행이다.

얼마 전에 한국 관광객을 태운 버스가 골짜기로 굴러 많은 사상자가 발생했다는 뉴스를 보았다. 카트만두에서 포카라까지는 비행기가 있어 여유가 조금 있는 사람들은 버스를 타지 않는다고 한다. 나도 앞으로는 버스를 타지 않을 생각이다. 때문에 이곳에 방문할 예정인 사람들에게도 버스를 타지 않는 것을 권하고 싶다. 이 위험한 버스는 절대 안전하지 않으니까 말이다.

가슴을 졸이며 눈을 감아 버리기를 몇 번, 드디어 포카라에 도착했다. 버스에서 내린 우리에게 게스트하우스 종업원들이 팔을 잡아끌고 가다시피 하며 호객행위를 했다. 우리가 갔을 때는 비수기이기 때문에 비교적 전망도 좋고 깨끗한 곳을 저렴하게 이용할 수 있었다. 긴 여행에 지쳐있던 우리는 오랜만에 따뜻한 물에 몸을 풀고 내일을 위해 일찍 잠자리에 들었다.

이튿날 아침 일찍 나는 간단한 반바지 복장 차림에 슬리퍼를 신고 포카라 호수 근처를 둘러보기 위해 숙소를 나섰다. 어느새 아내와 누나도 일어나 따라 나섰다. 상쾌한 새벽 공기를 맞으며 걸어가는데 우리 맞은편 쪽에서 조그만 미니버스가 정류장에서 사람을 태우고 출발을 하는 모습을 보게 되었다.

나는 본능적으로 호기심이 생겼다. 어디로 가는 버스일까? 버스가 가는 방향을 미루어 짐작컨대, 포카라 구시가지 쪽으로 가는데, 구시가시에 대한 궁금증도 있어 우리는 바로 다음에 오는 시내버스에 몸을 실었다.

무작정 낯선 버스를 타고

이른 아침이어서인지 사람들은 모두 구시가지 재래시장으로 물건을 팔러 가는 농민들이 많았다. 구시가지에는 오래된 건물도 많았고, 거리에는 많은 인파와 자동차, 오토바이가 뒤섞여 혼잡하기만 했다. 시가지를 지나고 다시 변두리 지역을 한참 더 지난 후에야 시내버스는 종점에 이르러 우리는 버스에서 내렸다. 한 시간가량 달려 도착한 버스 종점 부근의 모습은 매우 한적했다. 깊은 산속에 사는 현지인들이 아침 일찍부터 자기들이 수확한 오이를 좌판에 놓고 팔기도 했다.

그 곳의 오이는 무척이나 크고 굵었다. 먹음직한 오이를 사서 나누어 먹으며 주변을 구경하는데, 우리가 들어온 것과는 반대편으로 또 다른 미니버스가 가는 게 아닌가? 우리는 그 시내버스를 타지 않을 수가 없었다. 호기심 때문이다.

우리 일행을 태운 버스는 시가지와는 반대쪽 산 능선을 넘고 또 달려 한참을 간다. 어딘지는 모르겠지만 새로운 곳을 간다는 설렘 때문에 조금은 긴장하면서 설렘을 안고 차창 밖을 응시했다. 이 차도 약 1시간을 넘게 달려 넓은 공터가 있는 조그만 시골 마을의 종점에 도착했다.

우리는 버스에서 내려 마을 탐방을 시작했다. "나마스떼, 나마스떼." 네팔 사람들이 말하는 인사말을 흉내를 내며 두 손을 모으고 고개를 숙였다. 그 산골에서 생활하는 주민들은 아침 일찍 갑자기 마을에 나타난 외국인을 호기심 어린 눈으로 바라보며 친절히 맞아 주었다.

산비탈을 개간해 채소를 가꾸고 염소나 가축을 키워 생활하는 부유해 보이지는 않았지만 평화롭고 이방인에게 친절한 마을을 여러 집을 거쳐 돌아다녔다. 갑자기 버스를 타게 되고 좀처럼 경험해 보지 못한 일들을 겪으며 즐겁고 신이 났다. 마당이 넓은 할아버지, 할머니 부부가 사시는 집에서는 화톳불에 얹어 놓은 주전자에서 물이 펄펄 끓고 있었다. 할아버지께서는 우리를 반기시며 잠깐만 마루에 앉으라며 녹차와 염소젖을 섞어 끓인 차를 우리에게 주신다. 정성스럽게 권해 주시는 차를 맛있게 마시고 있는데, 갑자기 아래쪽 길목에서 부르릉부르릉하며 버스가 언덕길을 힘차게 오르고 있었다. 우리는 망설이지 않고 할아버지께 인사를 급히 하고 그 버스에 또 올라탔다. 아침 일찍부터 벌써 3번째 버스를 타고 산자락을 타고 들어가게 된 것이다.

버스 안에는 부지런한 현지 아낙네들이 시내에 있는 재래시장에서 여러 가지 생활에 필요한 물품들을 가득히 사서 돌아가는 길이었다. 세상 사는 이야기, 그리고 오늘 시장에서 있었던 일들을 말하느라 버스 안은 무척이나 시끄럽고 정겨운 분위기다. 반바지 차림과 슬리퍼를 신은 우리를 잠깐씩 쳐다보며 어디서 온 사람일까, 어디로 가는 걸까, 하고 호기심 어린 눈빛을 보냈다.

우리도 역시 궁금했다. 여기는 어디쯤일까, 어떤 생활을 하는 사람들이 사는 곳일까, 여러 가지 생각을 하며 밖에 펼쳐지는 모습에 얼떨떨해지는 마음이다. 버스는 한참을 달려 꽤 큰 마을 입구에 가로 막고 서 있는 섬문소 같은 곳에 차를 멈춘다. 나중에 알았는데, 버스 기사와 현지 주민들이 버스에 외국인이 타고 있다는 걸 알려 주어서 그랬던 것이었다.

히말라야 입구까지 오다

우리는 버스에서 내려 검문소 안으로 들어갔다. 검문소 안에 있는 직원은 우리에게 티켓을 구입하라고 말하는 것 같았다. 우리가 혹시 무슨 잘못이라도 한 것일까, 조금은 긴장을 했었는데, 알고 보니 검문소가 아니라 히말라야에 들어가는 등산객에게 표를 파는 곳이었다.

우리도 모르는 사이에 히말라야 입구의 매표소까지 와 버린 것이다. 그 직원이 말하는 입장료는 생각보다 꽤 비싼 금액이다. 그러나 우리는 히말라야 등산이 목적이 아니고 이 동네에 버스 타고 왔다 다시 돌아갈 것이라고 해명을 하며 우리가 등산복도 입지 않고 등산화도 신지 않은 슬리퍼 차림이라는 걸 한참이나 설명을 한 후 그 버스를 타고 되돌아 간다는 조건 하에 통과할 수가 있었다.

버스에 있던 주민들은 우리가 다시 버스를 타자 반겨주며 웃었다. 버스는 계속 달려 중간중간에 승객을 다 내려주고, 산비탈 큰 공터에 차가 멈췄다. 여기가 버스 종점이란다.

우리는 버스를 타고 왔던 길을 되짚어 내려가기 시작했다. 그러자 버스를 되돌려 온 운전기사가 다시 버스에 타란다. 나는 차멀미가 심해 조금만 걷다가 다음 버스로 갈 것이니 먼저 가라며 기사에게 말하고 올라오며 보아 두었던 아름답고 평화로운 히말라야 자락에 도란도란 모여 사는 현지인들을 만나기 위해 즐겁고 흥분된 마음으로 빨리 걸음을 재촉했다.

여행을 하며 현지인을 직접 만나고 그들의 삶을 직접 체험하는 기회는 쉽게 오지 않는다. 그런 경우가 있다면 운이 좋은 날에 속한다. 이날이 바로 그날이었다. '나마스데, 나마스데' 두 손을 모으며 인사를 하며 가가호호 둘러보는 방문이 시작된 것이다.

현지인들의 생활하는 모습은 상상했던 것보다 더 열악한 것 같았다. 그들은 느닷없는 외국인의 방문에 놀라면서도 얼굴을 붉히며 어쩔 줄 몰라했지만, 마음만은 너무나도 반갑게 환영을 해 주었다. 지금도 잊히지 않는 한 집에서의 일화가 있다. 할아버지는 마루에서 늦은 점심을 드시고 계셨고 젊은 부부는 초등학생 정도 되어 보이는 아들과 함께 방에서 밥을 먹고 있었다. 그러다가 우리가 방문하자 당황한 기색이 역력했다. 하지만 이내 우리에게 밥을 같이 먹자고 권했다. 사실은 배가 고프긴 했지만, 도리상 사양을 하고 마루에 걸터앉아 이야기를 나누었다. 그런데 부부가 어느 사이 아들을 시켜 동네 구멍가게에서 비스킷까지 사와서 맛있는 차와 함께 대접해 주었다.

히말라야 오지에서 생활하자면 비스킷을 사는 값도 만만치 않을 텐데, 처음 보는 이방인을 환영해 주는 그분들의 착한 마음씨에 가슴이 뭉클해졌다. 인생을 살면서 남과 이웃에게 그분들처럼 사랑하고 베풀며 살았는지 되돌아보게 하는 계기가 되었다. 친절한 그분들의 배웅을 뒤로하고 우리의 탐방은 계속되었다. 마을 한복판에 마당이 넓은 집에는 밭에서 꺾어 온 옥수수의 껍질을 가족들이 모여서 벗기는 작업을 하고 있었다.

우리도 그 사람들과 같이 둘러앉아 옥수수 껍질을 벗기는 작업을 거들었다. 우리의 모습을 본 동네 사람들은 우리를 구경하기 위해 많이도 모여들어 어느 나라에서 왔느냐, 무엇 때문에 여기까지 왔느냐, 여러 가지를 물어보며 우리가 대답하면 무엇이 그리도 우스운지 깔깔대며 웃고 즐거워했다.

주인아주머니는 어느 틈에 우리를 위해 맛있는 옥수수를 구워 오셨다. 우리와 동네 사람은 구운 옥수수를 먹으며 즐거운 시간을 보냈다. 안나푸르나로 향하는 길목에 위치한 어느 산간 마을에서 우연히 얻게 된 만남의 기회였다. 이처럼 순박하게 살아가는 현지인들과의 교감은 오지를 찾아 돌아다니는 여행자에게도 자주 오는 기회가 아니기 때문에 이날은 그야말로 행운의 날이라고 할 수 있었다. 요즘은 교통수단이 잘 발달되어서 오지마을을 찾기가 점점 어려워지는데 꼭 문명의 발달이 긍정적인 것 같지만은 않다.

즐겁고 신나는 마음에 우리는 피곤한 줄도 모르고 버스를 세 번이나 갈아타고 왔던 머나먼 길을 아름답고 순순한 자연을 벗 삼아 눈이 부시도록 파란 하늘을 마주하며 비탈길을 걷고 또 걸었다.

한참 후 조그마한 마을에 도착했다. 그곳에서 우리는 탁자 하나가 전부인 소박하게 보이는 음식점을 발견했다. 배가고 고팠던 우리는 이것저것 재지 않고 반가운 마음으로 식당에 들어갔다.

그런데 무슨 음식을 파는지 무얼 주문해야 하는지, 메뉴판이 없어 난감해진 나는 식당 안 조그마한 냉장고에서 염소 고기로 짐작이 되는 고기를 보고 손으로 고기를 가리키고 또 물을 가리키며 삶아 달라고 손짓 몸짓을 해가며 열심히 말을 했다.

다행히도 마음씨 좋아 보이는 주인아주머니가 잘 알아듣고는 금방 맛있는 염소고기의 다리 부분을 맛있게 삶아 주셨다. 히말라야의 깨끗하고 연한 풀을 먹고 자란 염소 고기는 어떻게 말로 다 표현할 수 없을 만큼 맛이 있었다. 거기다가 음식값을 계산하는데, 가격이 너무나 저렴해서 감사한 마음이 들 정도였다. 우리가 생각했던 가격의 1/7밖에 안 되는 수준이었다.

맛있게 식사를 한 후 다시 힘이 생긴 우리는 씩씩하게 출발했다. 카트만두에서 급하게 사 신은 슬리퍼가 품질이 좋지 않았던 것인지, 아니면 너무 많이 걸어서인지 발이 온통 물집 투성이가 되었다. 하는 수 없이 신발을 벗어 버리고 집사람이 스카프를 벗어 동여 매주는 응급처치를 한 후 다시 비탈길을 내려왔다.

얼마 후 눈앞에는 수백 개의 계단으로 이루어진 다랑논이 빨간 황토색을 뽐내며 우리 눈앞에 나타난 것이다. 정말로 장관이었다. 너무나 감격해 숨이 멎을 지경이었다. 여행을 다니면서 수많은 계단식 논을 보아 왔지만, 지금처럼 거대하고 계단 수가 셀 수 없을 만큼 많은 다랑논은 처음 본다. 코발트색 하늘과 그 위에 떠 있는 하얀 구름을 배경으로 펼쳐지는 계단식 논은 우리만 보기에는 너무나 아까운 풍경이었다. 이렇게 아름다운 풍경을 보게 이끌어 주신 하나님께 감사하며 춤이라도 덩실덩실 추고 싶었다. 아름다운 풍경을 접하자 발걸음이 더욱 빠르고 가벼워졌다.

마침 모내기 철이었는지 여러 명의 아낙이 함께 모여 모를 심기에 여념이 없다. 한편에서는 모를 심고, 또 한편에서는 논둑에 앉아 새참을 먹고 있었다. 우리나라의 농촌 모습과 똑같았다. 사람 사는 게 어디나 다 똑같은 모양이다. 지구촌이라는 단어가 새삼 실감 났다. 우리를 발견한 아주머니한 분이 손을 흔들며 우리에게 와서 모를 같이 심자고 하신다. 그냥 지나칠 수 없고, 경험해 보고 싶어 잠깐이나마 그분들과 함께 모를 심었다.

신기한 점은 네팔에는 바깥일은 모두 여자가 하는 건지 남자는 보이지 않고 전부 여자들뿐이었다.

모내기를 조금 거들고는 그분들이 나누어 주는 맛있는 새참을 얻어먹고, 우리는 그곳을 떠나 숙소로 향했다. 조금 늦게 숙소에 도착해 샤워를 마친 후에 숙소 앞 식당에서 우리나라 막걸리와 비슷한 술을 나누어 마시고는 하루를 마무리하였다.

오늘의 버스는 어디로 갈까?

이튿날 아침도 여느 때와 마찬가지로 일찍 일어나 숙소를 나왔다. 숙소 앞의 커다란 호수는 크기도 크기였지만 맑은 날에는 물 위에 비치는 히말라야의 모습은 '포카라'를 찾는 많은 여행객들이 보고 싶어하는 장관이라기에 우리도 기대를 하며 호수를 한 바퀴 돌아 보트가 정박해 있는 선착장 입구에 있는 맛있는 찻집에 앉아 지나가는 사람들과 눈인사를 교환하며 차분한 시간을 즐기고 있었다.

그런데 자세히 보니 현지 인들이 어제 우리가 버스를 타고 시내 쪽으로 나갔던 반대방향으로 가는 버스에 오르는 모습을 보게 되었다. 어제 탔던 미니버스보다 더 큰 버스였다. 우리는 망설이지 않고 뛰어 출발하는 큰 버스에 올라탔다. 어디로 가는 버스인지 묻지도 않고 타 버린 버스 안에는 현지 인들이 많이 타고 있었다. 포카라의 구시가지에 있는 재래시장에서 물건을 사 가지고 가는 듯 물건 보따리와 사람들로 인해 버스 안은 발 디딜 틈이 없을 정도로 만원이다.

오늘의 이 버스는 어디로 가는 걸까, 또 종점은 어디일까, 궁금함과 기대감으로 부푼 가슴을 안고 차창 밖의 풍경을 바라보며 상념에 잠겼다.

차는 포장이 되어 있지 않은 비탈길을 오르고, 고개를 돌고 돌아 강을 건너고 마을을 지나 달리고 계속 달렸다. 약 두시간 후 차는 히말라야 끝자락에 아담하게 둥지를 틀고 있는 조그마한 마을의 큰 공터에 차를 세운다. 그곳에서는 마지막 얼마 남지 않은 주민들이 다 내리고 우리에게도 내리란다. 버스 종점에 다다른 것이다.

우리는 차에서 내려 주위를 둘러보았다. 산 중턱에 드문드문 자리 잡은 산족들의 그림 같은 네팔 전통집들이 우리를 반기는 것만 같아 현지 인들을 만나는 생각에 벌써 흥분이 되고 설레기도 한다. 우리는 히말라야 산자락에서 따온 야생차를 볶아 맛있는 차를 만들어 파는 조그마한 찻집에 들러 차를 마시며 조금 후에 전개될 마을 탐방을 위해 생각을 정리하고 잠깐 휴식을 하며 지나가는 사람들에게 "나마스테, 나마스테" 하고 인사를 건넸다.

차를 마신 후 계산을 하며 여기에서 시내로 다시 나가는 막차가 몇 시에 있는지 아주머니께 물었다. 아주머니는 이상하다는 듯 우리에게 조금 전 우리가 타고 온 버스는 여기에서 하룻밤 지나고 내일 아침 떠나는 첫차라며 오늘은 시내로 나가는 버스는 없다고 한다. 참으로 황당한 일이 벌어진 것이다. 벌써 해는 저물어 가는데, 낭패가 아닐 수 없다. 혹시 숙소라도 있을까 싶어 물어 보았지만 이런 산골 마을에 숙소가 있을리 없었다.

주인 아주머니도 우리가 딱하다는 표정으로 바라보았다. 방법이 없었다. 큰일이 일어난 것이다. 조금이라도 빨리 걸어서라도 나가야 했다. 그러나 주인아줌마는 걸어서 가는 것은 불가능하단다. 진담인지 농담인지 모르겠지만 가는 길에 산속에서 호랑이도 나타난다고 한다. 그러면서 우리에게 "어훙, 어훙" 하고 호랑이 흉내도 내 주셨다. 그러나 우리에게는 선택의 여지가 없었다. 걷는 것 외에는 방법이 없어 조금도 지체하지 않고 빨리 걷기 시작했다.

동네 사람의 만류와 조심하라는 말을 뒤로하고 뛰다시피 빨리 걸었다. 가는 도중에 만나는 사람들과 중간 마을 사람들은 하나같이 말렸다. 절대 갈 수 없는 길이란다. 버스를 타고 약 두 시간이나 들어왔지만 포카라까지 몇 km인지 몇 시간이 걸릴 줄 알지 못한 채 무조건 길을 따라 걸었다. 얼마 후 해가 지고 주변이 어두워지기 시작했다.

조금 무서워지며 두려운 마음이 들었다. 출발할 때 호랑이가 나온다는 아주머니 말을 애써 부정을 해 보며 마음속으로 위로를 했다. 다행히 어두운 밤이었지만 둥근 보름달이 떠올라 걷는 데는 큰 지장이 없었다. 어렸을 때 아버지 손을 잡고 큰 댁에 제사를 지내러 갔다가 자정이 넘어 아버지와 함께 달빛에 의지해 집으로 가던 중 힘들어 하던 나를 아버지께서 업어 주시던 생각이 났다. 그때는 무서운 생각이 들면 눈을 꼭 감고 아버지 등에 엎드리면 무섭지 않았는데, 그때가 떠올라 잠시나마 행복해졌다.

걷는 도중에 멀리 호롱불을 빨갛게 밝혀 놓은 조그마한 구멍가게가 있어 물 몇 병과 비스킷 몇 개를 사서 배낭에 넣고 또 걸었다. 산의 비탈길과 모퉁이를 돌아갈 때는 조금 무서웠지만 애써 아무렇지도 않은 듯 큰 소리로 노래도 부르며 달빛에 의지해 걷고 또 걸어 앞으로 나아갔다. 한참 후 우리 앞에 커다란 강이 나타났다. 아까 버스로 지날 때 물이 많아도 깊지는 않다는 걸 보긴 했지만, 밤에 보는 강물은 속이 보이지 않을 만큼 까맣고 넓이도 생각보다 넓어 쉽게 물속으로 들어가기가 꺼려졌다.

강가의 위, 아래쪽을 아무리 둘러보아도 다리는 없었다. 방법이 없었다. 신발을 벗고 강물을 건너기 시작했다. 무릎 정도 차는 강물을 헤치고 한참을 지나 강을 건널 수가 있었다. 어제 무리해서 강행군했었고, 나이가 환갑을 훌쩍 넘긴 할아버지, 할머니들인 우리에게는 아무래도 무리인 듯해 경솔하게 알아보지도 않고 버스를 탄 것을 후회했다.

그러나 먼 훗날 지금을 뒤돌아보면 이 또한 그립고 아름다운 추억이 되리라 생각하며 묵묵히 앞만 보며 걸었다. 무서운 호랑이는 다행히 나타나지 않았고 밤 11시를 훌쩍 넘겨서야 우리는 숙소에 도착할 수가 있었다.

어제와 오늘 뜻하지 않게 힘들고 고단했던 버스 여행은 자유 여행하는 사람만이 느끼고 경험해 볼 수 있는 행운이었다. 언젠가 손주 녀석이 초등학교에만 들어가면 손주를 앞세우고 그곳을 꼭 다시 찾아가고 싶다.

| 태국 치앙마이 북부에 있는 롱넥족들과 함께

3
미얀마 여행

| 미얀마의 애기 스님들과 함께

| 미얀마의 애기 스님들의 모습

 미지의 땅 미얀마

내가 여행의 거점으로 생각하며 오래 머물렀던 태국 치앙마이는 태국 내 여러 도시를 갈 수가 있으며 라오스, 베트남, 중국, 미얀마 등 여러 나라를 쉽게 갈 수 있는 중요한 도시이다. 특히 해발이 적당히 높아 기후도 온화하여 사계절 쾌적한 도시이다. 여러 나라를 육로로 통과할 수가 있어서 더욱 매력적인 곳이다.

나는 '미얀마'로 들어가기 위해 차를 점검하고 준비를 한 다음 서쪽으로 뻗어 있는 108번 국도를 따라 미얀마로 가는 국경도시 '메솟'으로 향했다. 태국의 도로는 비교적 양호한 편이다. 시골 어느 곳에 가더라도 비포장도로는 없으며 땅이 넓어서인지 몰라도 길도 넓고 편하다.

마음씨 좋은 누나의 실수

미얀마로 가는 길에는 태국 왕실에서 성지로 생각하는 '도이인타논'이라는 산을 거쳐 간다. 그 산에는 옛날 태국 왕실의 사당이 있으며 지금 태국 왕의 부모님 묘가 있어서 많은 태국 사람들이 찾는 관광 명소이기도 하다. 돌아가신 왕과 왕비의 무덤이 따로 조성되어 있으며 무덤의 규모가 굉장히 크다. 전망이 매우 좋고 조경 또한 아름답게 꾸며 놓았는데, 그곳에는 일반 참배객 외에도 스님들도 많이 온다. 나이 어린 소년 스님 대여섯 분이 참배를 드리고 나서 아름다운 풍경을 배경으로 기념사진을 찍고 계셨다. 너무도 예쁘고 귀여운 소년 스님들이었다. 그곳을 지나던 우리는 스님들에게 같이 기념사진을 찍자며 다가가서 스님들에게 어깨동무하고 포즈를 취했다.

그런데 렌즈를 통해서 본 스님들의 얼굴이 빨개지고 울상이었다. 마음씨 좋은 누나는 사진을 찍고 나서 귀엽다 하시면서 제일 어린 스님의 엉덩이를 두들겨 주었다. 스님들은 이 무례한 외국인에게 뭐라고 하지 못하고 그냥 울상만 짓고 계셨다.

나중에야 안 사실이지만 태국에서 스님은 존경과 추앙을 받는다. 그래서 여자들은 감히 스님 곁에 함께할 수가 없다고 한다. 버스를 타도 스님과 여자가 옆에 앉게 되는 경우가 되면 건너편에 남자가 스님과 여자 사이에 끼여 앉아 주어 스님을 여자로부터 보호해 줄 만큼 스님은 신성한 존재인데, 무례하게도 스님 어깨를 끌어안고 사진을 찍고 스님 엉덩이를 귀엽다며 만져 주었으니 그 예쁜 소년 스님은 황당하고 부끄러워 얼굴이 빨개지신 것이다. '무식하면 용감하다'는 말이 맞는 것 같다.

태국 국경의 이상한 마을

108번 도로를 계속 가다 보면 '메살롱'이라는 도시가 나온다. 거기에서 108번 도로는 끝이 나고 105번 도로로 들어선다. 매살롱에서 오른쪽으로 가면 옛날 양귀비 재배를 많이 했던 '매홍손'이 나오고 왼쪽으로 가면 우리가 가려는 국경도시 '매숫'이 나온다.

왼쪽으로 가는 105번 도로는 미얀마 국경과 가깝게 평행선을 이루며 이어져 나간다. 이 도로는 차량 통행도 별로 없으며 험한 산길이 많지만, 경치는 아름답고 마음씨 착한 소수 민족을 만날 수가 있어 나 혼자서도 자주 오는 곳이다.

그곳을 지나다 보며 산족들이 길가에 내놓고 파는 귀한 농산물이나 산에서 나는 귀한 버섯 목청, 석청 등 좀처럼 만날 수 없는 귀한 꿀도 살 수가 있어서 자주 오게 되는 곳이다.

| 미얀마 난민 수용소의 정문

미얀마 국경선을 따라 이어지는 105번 도로를 타고 약 두 시간쯤 지나자 저 멀리 아름다운 돌산이 보이기 시작했다. 좀처럼 보기 드문 아름다운 모습이었다. 가까이 갈수록 돌산의 웅장한 모습이 서서히 드러나고, 산자락 밑으로는 나뭇잎으로 엮어서 지붕을 만든 옛날 서민들이 살았던 집들이 수 없이도 많고 돌산과 어울려져서 한 폭의 그림 같은 경치를 자아낸다.

그런데 이상하게도 가까이 가서 보니까 마을 주변으로 철조망이 둘러 있고 중간중간에는 출입문이 보였다. 궁금하고 호기심에 이끌려 차를 도로가 한적한 곳에 세우고 그곳으로 들어가 보았다. 그런데 그곳에는 내가 상상하지 못했고 처음 보는 이상한 모습들이 있었다.

사람들이 밖에서 보는 것보다 지나치게 많았다. 어린아이들 그리고 부녀자, 노인, 학생들이 한데 뒤엉켜 거리가 복잡할 정도였다. 주변의 집들이나 상가는 내가 소인국에 와 있는 것같은 착각이 들 정도로 너무나 작았다. 조그마한 대나무 집들이 성냥갑처럼 다닥다닥 붙어 있어 골목길은 비좁기만 했으며 동네를 가로질러 흐르는 골짜기 물은 악취가 날 정도로 더럽고 오염되어 있었다. 그리고 그 사람들이 하는 말은 난생처음 들어보는 언어였다. 태국어는 분명히 아니었다. 여러 사람에게 말을 걸어 보았지만, 도무지 무슨 말인지 알아들을 수 없었다.

학교에는 유네스코 마크가 곳곳에 부착되어 있고 절에는 스님들도 많이 있었다. 주변 환경이 구역질이 나올 정도로 불결했지만, 마을 끝 북쪽에서 남쪽으로 이어지는 골목을 천천히 걸어 보기로 했다. 골목 양옆으로 조그만 상가들이 연결되어 있었는데, 없는 게 없었다. 심지어는 방앗간도 있고 옷가게, 철물점, 콩으로 발효시켜 만든 청국장까지도 파는 모든 게 다 있었다. 청국장은 일부 태국 사람들도 먹지만 미얀마 사람들은 주식처럼 즐겨 먹는 음식이다. 매홍손에 가면 콩을 많이 재배해서 청국장을 많이 만들어 나뭇잎에 싸서 파는데, 나도 몇 번 구입해 먹은 적이 있다.

밖에서 볼 때는 아름다운 돌산을 배경으로 모여 있는 초가집들이 평화 스럽고 아름답게만 느껴졌는데, 안으로 들어와 보니 실상은 너무나 열악하 고 심지어는 비참해 보이기까지 했다. 궁금증이 다 해소되지 않았기에 나 는 그곳을 떠나며 언젠가 기회가 되면 우리 집사람과 같이 다시 한 번 와 야겠다는 생각을 하며 들어갔던 출입문을 통해 다시 나왔다.

 ## 다시 찾은 태국 국경의 이상한 마을

그리고 다음 해 이번에는 집사람하고 같이 그곳을 지나게 되고 다시 그 곳을 들어갔다. 지난 번 들어갔던 작은 문을 통해 들어간 우리는 그 좁은 골목길을 다시 살피고 다녔다. 이번에는 자세히 보니, 동네라기보다는 한 도시의 규모만큼 크고 사람이 많다. 제법 커 보이는 병원도 있어 들어가 봤 더니 침상에 누워있는 환자들의 모습이 너무 비참하고 냄새가 많이 나서 금방 뛰쳐나왔다. 비위가 나보다 약한 집사람은 코를 손수건으로 막고 다 니다 도무지 못 견디겠다며 나가자고 한다. 우리는 나오기 위해 출입문을 찾았다. 들어갈 때 보다 규모가 큰 정문처럼 보이는 문으로 나왔다.

정문에는 여러 명의 경비병이 근무하고 있었는데, 밖으로 나온 우리가 그냥 조용히 나왔다면 별일이 없었을 텐데, 내가 경비병에게 큰 소리로 "사 와디 캅"하고 인사를 한 것이 화근이었다. 내가 건넨 인사에 깜짝 놀란 경

| 미얀마 난민 수용소의 모습

비병이 밖으로 나온 우리를 다시 불러들였고, 외국인임을 확인하고는 우리 여권을 압수해 어디론가 전화를 걸었다. 순식간에 초소가 시끄러워졌다. 갑자기 비상이 걸려 버린 것이었다. 우리는 어리둥절 했고, 무슨 영문인지 몰라 답답했지만 어쩔 수가 없었다.

얼마 후 여권을 압수당한 채 경비병들에게 끌려 본부로 향했다. 본부에 있던 젊어 보이는 대장이 우리를 취조하고 소지품 검사도 했다. 우리는 여행객이며 치앙마이에서 출발해서 매솟까지 가는 도중에 이곳 풍경이 아름다워 여기에 오게 되었다고 자초지종 설명을 했다. 하지만 그는 우리의 설명은 들으려고도 않고 스마트폰 내용까지 다 확인을 했다. 정말 다행히도 촬영은 하나도 하지 않았기에 무사히 스마트폰을 돌려받을 수 있었다.

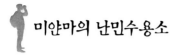

미얀마의 난민수용소

알고보니 이곳은 태국 주민이 사는 곳이 아니고 미얀마에 민주화 투쟁이 일어났을 때 투쟁을 했던 사람들이 군사독재 정권의 검거를 피해 태국으로 넘어와 사는 사람들을 수용해 놓은 '난민수용소'라고 한다.

그런데 더 놀라운 사실은 그 좁은 공간에 약 5만 명이 거주하고 있다는 것이었다. 이제야 모든 퍼즐이 맞추어지는 것 같았다. 마치 소인국처럼, 성냥갑처럼 다닥다닥 붙어 있는 집들 하며, 좁은 골목, 냄새와 구역질 나는 열악한 환경 등 마음 한편에 응어리처럼 자리 잡고 있었던 수수께끼가 그제야 풀리는 것 같다.

아마도 배경이 좋은 그 누군가의 도움으로 출세한 것 같은 젊은 대장은 외국인인 우리에게 자신의 힘을 과시라도 하듯 큰소리로 탁자를 손으로 쳐가며 큰 소리를 냈다. 우리가 그 들어간 수용소 초소의 경비병을 호출하여 야단을 치고 경위서를 쓰라고 하는 것 같았다.

현지 농민들만큼 나이가 들어 보이는 경비병은 그 시간에 화장실에 갔었다며 변명을 하고 용서를 빌었다. 나는 속으로 "이거 보통 일이 아니구나!"라는 생각이 들었지만 침착하게 행동했다. 그리고 안하무인격인 젊은 대장의 기분을 좀 맞추기로 하고 우리가 정말 잘못한 거 같다. 우리가 아무것도 알지 못하고 수용소에 들어갔는데, 본의가 아니었으니 한 번만 눈 감아달라고 조용하게, 간곡히 말을 하며 젊은 대장을 추켜세워주는 여러 가지 말들을 했다. 자기를 추켜세우는 아부성 발언에 기분이 조금 좋아진 대장은 우리에게 설명을 해주었다.

여기는 흉악하고 위험한 난민들이 모여 살기 때문에 경찰인 자기들도 항상 긴장하고 조심하고 있다고, 잘못했으면 우리의 목숨도 위험했을 수도 있었다고 했다. 당신들이 외국인이고 돈을 많이 소지하고 있다는 걸 일부 과격한 난민들이 알았다면 우리를 죽여 버렸어도 아무도 모르고, 범인들을 찾아 낼 수도 없다는 것이다.

젊은 대장의 말이 사실인지 아닌지는 확인할 수는 없으나 그 말을 듣고 나니 등골이 오싹해지고, 정말 오늘이 운수가 좋았구나, 하고 생각했다. 시간이 흘러 해는 지고 밤이 되었는데, 우리를 보내주지 않았다. 마음이 다급해진 나는 마음이 조금은 좋아 보이고 융통성이 있어 보이는 경비병을 눈짓으로 밖으로 불러냈다. 그리고 우리 때문에 여러 사람이 수고하고 있으니 내가 미안하다고 말하면서 약간의 돈을 건넸다.

그러자 그 사람은 기다렸다는 듯 조금도 망설이지 않고 얼른 돈을 받아 주머니에 넣었다. 태국 관리들 사이에서 부패는 상상을 초월할 만큼 만연해 있었다. 태국에서 생활하며 운전을 해야 하는 나는 경찰에게 가끔은 돈을 주어야만 했다.

옛날 우리나라 70년대처럼 생각하면 된다. 얼마 후 갑자기 친절해진 젊은 대장이 우리에게 여권을 돌려주며 당신들이 오늘 무사했던 것은 행운이라며 무사히 여행을 할 수 있기를 기원한다는 덕담과 함께 우리를 보내주었다.

돈을 조금 주었지만 그래도 풀려 나올 수가 있어 기분이 한결 좋아진 나는 조금 빠른 속도로 국경도시 '매솟'을 향해 달렸다. 밤늦게 도착한 매솟에서는 숙소를 구하자 마자 내일 미얀마로 들어가야 하는 일정을 위해 일찍 잠자리에 들었다.

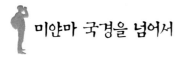

미얀마 국경을 넘어서

이튿날도 일찍 일어나 재래시장 탐방에 나섰다. 어디나 마찬가지이지만 국경도시는 활기차다. 모든 물자가 귀한 미얀마 상인들이 대부분의 생필품을 매솟에서 구입하기 때문에 시장은 활기가 넘치고, 물건을 가득 쌓아 놓은 도매상들은 손님들로 가득했다. 태국 북쪽 국경도시 '매사이'는 외국 관광객들이 많지만, 중서부 쪽 한편에 위치한 '매솟'은 관광객들에게는 많이 소개되지 않아 외국 관광객은 찾기가 어려웠다.

태국에서 미얀마 국경을 통과하려면 미얀마 측에 비자피를 지불해야 한다. 미화 10달러 또는 태국 돈 500밧을 내면 매사이는 3박 4일을 머물 수 있으나 이곳 매솟은 당일, 그날 다시 나와야 한단다. 환율로 따지면 10달러는 태국 돈 350밧 정도이기 때문에 미화 10달러짜리 지폐를 준비해 가는 것이 편리하다.

매솟 시내에서 국경 출입문까지는 약 차로 10분이면 도착한다. 매사이도 그랬지만 여기 매솟도 태국과 미얀마 국경으로 매콩강이 흐르고 있었다.

그 위에 다리가 있어 통행하게 되어 있었다. 메콩 강 주위에는 태국 경비병들이 총을 들고 경계를 하고 있었으나, 커다란 타이어 튜브를 강에 띄우고 대여섯 명씩 미얀마 사람들은 메콩 강을 건너고 또다시 돌아간다. 그러나 태국 경비병은 아무런 제지 없이 가만히 보고만 있다.

국경선을 타이어 튜브를 타고 건너다니는 좀처럼 보기 드문 광경이 조금은 신기해 보이고 부럽기도 했다. 우리나라에서는 어디 꿈에라도 상상해 볼 수 없는 엄청나게 충격적인 장면이다. 우리는 태국 출입국 사무소를 거처 미얀마 쪽을 향해 다리 위에 왔다. 그런데 다리 위에는 미얀마 걸인들이 너무 많았다. 아기를 안고 있는 젊은 아줌마와 다리와 팔이 없고 상처를 입은 사람, 노인들 등 수를 헤아릴 수없이 많았다.

미얀마의 경제 사정과 열악한 사회보장제도를 미루어 짐작케 하는 모습이었다. 얼마 지나지 않아 우리는 미얀마 출입국 사무소에 들어가 여권과 미화 10달러를 제출했다.

미얀마 사람답지 않게 배가 불룩 튀어나온 관리는 10달러 짜리 지폐를 앞뒤로 살피더니 이 지폐는 약간 낡았기 때문에 받을 수가 없다고, 태국 돈으로 지불하라고 했다. 생트집을 잡는 것이었다. 태국 돈으로 받으면 약 150밧 정도 자기에게 이득이 있기에 태국 돈을 요구한다는 것을 많은 경험을 통해 짐작할 수 있었기 때문에 나는 태연하게 지금 가진 잔돈이 없어 할 수 없다며 버티었다.

한참이 지났는데도, 뚱뚱한 그 관리는 우리를 통과시켜 주지 않았다. 하는 수 없이 우리는 다시 태국 은행에 가서 새 돈으로 바꿔 오겠다며 다리를 건너 태국 쪽으로 건너왔다. 태국 측 관리사무실에 여권을 보여 주었더니 태국 입국이 불가능하다는 것이다.

왜냐면 태국에서는 이미 출국했기 때문에 미얀마 입국 도장과 출국 도장이 있어야만 된다는 것이다. 우리는 다시 미얀마 쪽으로 건너왔고 미얀마 관리에게 말했다. 태국 은행에 갔더니 그곳 은행에는 새 돈이 없어 돈을 바꾸지 못했다고 말하며 아까 그 돈을 다시 주었다. 그제야 할 수 없다는 듯 그 관리는 여권에 스탬프를 찍어 줬다. 조금 번거롭기는 했지만, 다행히 통과할 수가 있었다.

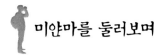

미얀마를 둘러보며

국경을 통과한 우리에게 또다시 호객꾼이 달려들었다. 오토바이를 개조해 뒤에 사람이 탈 수 있게 만든 '릭샤 꾼'들이었다. 하루 만에 태국으로 되돌아와야 했기 때문에 릭샤를 타기로 하고, 얼굴이 까맣고 힘이 좋아 보이는 젊은 릭샤 꾼과 적당한 가격으로 흥정했다.

릭샤를 타고 우리는 제일 먼저 이곳의 재래시장으로 향했다. 어디나 마찬가지였다. 이곳의 시장 역시 사람들, 과일, 채소 등을 파는 장사꾼들의 목소리가 뒤엉켜 시장은 활기가 넘쳐 보였다. 그러나 자세히 보니 물건들의 질은 떨어져 보이고 시장 환경도 불결하고 열악해 보이며, 물건을 사는 주민들도 얼굴에 미소가 별로 보이지 않는다. 생활하기가 그리 넉넉하고 풍족해 보이지 않는 것 같아 마음이 불편해졌다.

그래도 쌀국수를 파는 노점상에는 사람들이 둘러앉아 맛있게 쌀국수를 먹고 있어, 우리도 그들 틈에 끼어 국수를 한 그릇 먹었다. 국경도시에서도 외국인은 일정한 구역 안에만 관광이 허용되고 통제를 한다. 우리는 하루 만에 많은 곳을 보기 위해 골목 구석을 돌아다니며 구경을 했다.

의외인 것은 이곳에도 골프장이 있다는 점이었다. 정규 홀이 아닌 9홀짜리 퍼블릭이었다. 이렇게 열악한 곳에 골프장이 있다는 게 믿기지 않아 확인도 해볼 겸 골프장에 들어가 보았다. 시설이나 잔디 상태가 그리 좋아 보이지는 않았지만, 꽤 많은 사람이 라운딩을 즐기고 있었다. 아마도 고위 관리들이나 상류층 사람처럼 보이는 부유한 주민들인 듯했다. 어디에나 특권층은 있었다. 미얀마는 영국의 식민지배를 받아 왔기 때문에 영국 사람들이 식민지 시절 만들었던 골프장이 많이 있다고 한다. 그래서 가끔 국제대회도 열린다고 한다.

골프장에서 나와 다시 길을 따라 젊은 릭샤 꾼은 잘도 달렸다. 이곳의 하늘은 공해가 없어서인지 몰라도 태국에서 바라본 하늘보다 더 파랗고 색이 진했다. 그렇게 파란 하늘을 바라보며 달리던 우리에게 뒤에서부터 오토바이 한 대가 따라 붙었다. 미얀마 경찰이

| 타이어 튜브로 국경을 넘는 미얀마 사람들

었다. 경찰은 우리에게 여권을 요구했다.

따라온 이유는 관광객에게 허용된 구역을 넘었기 때문이라고 했다. 릭샤 꾼이 경계를 잘 몰라 제한구역을 넘어서 달린 것이었다. 우리는 잘 모르고 경계선을 넘어온 것이니 이해하라며 사과를 했다. 경계선을 넘은 관광객들이 간혹 생기는지 경찰은 빨리 되돌아가라며 여권을 돌려 주었다. 경계선을 잘 지키지 못한 자기들도 책임이 있다고 생각하는 듯했다.

우리는 릭샤를 되돌려 시내로 들어와 나머지 구경을 하고는 조금은 아쉬운 마음을 안고 오후에 메콩 강 다리를 건너 태국으로 돌아왔다. 이번 여행에서는 여러 가지 낯선 경험을 했다. 특히 미얀마 난민수용소에 들어가

보고 들었던 수용소 생활의 참상은 내 평생 잊을 수 없을 것 같다.

그 좁은 구역에 5만 명이 수용되어 열악한 조건과 불결한 생활환경 속에 생활하는 난민들의 모습과 잘못했으면 목숨도 위험할 수 있었다는 태국 경찰의 설명이 피부에 느껴졌으며, 그러한 위험 속에서도 안전하게 보호해 주신 하나님께 감사드리고 한편으로는 누구나 좀처럼 겪어보지 못한 어려

운 경험을 하게 된 걸 소중 하게 생각하며 돌아왔다. 돌아올 때는 갈 때 방향과 는 정반대로 태국에서 제일 큰 댐이 있는 '딱'을 지나 '람빵', '람푼'을 거쳐 치앙마 이로 돌아왔다.

| 미얀마 트럭 위의 스님들

| 미얀마 인레 호수의 어부 모습

4
라오스 여행

어려움과 고생이 즐거움으로

라오스는 치앙마이에서 5시간 정도면 갈 수가 있어 가끔 열흘 정도의 단기 여행을 자주 하게 된다. 혼자서 출발을 할 때도 가끔 있다. 동반자가 있으면 좋겠지만 혼자 여행하는 것도 나쁘지만 않다. 혼자서 마음껏 자유롭게 내가 가고 싶은 곳을 거침없이 달릴 수 있다는 게 누구도 느껴보지 못하는 즐거움이기도 하다.

그러나 혼자서 차를 운전하고 오지를 찾아 여행하는 게 얼마나 위험하고 고생이 되는지는 말로 표현할 수가 없지만 그러한 어려움과 고생이 즐거움이 되어 버린 나는 출발할 때 성경책과 꼭 함께한다. 큰 의미는 없지만, 하나님께서 나를 지켜주시리라는 믿음에 불안한 마음이 조금은 안정이 되기 때문이다.

나는 라오스로 향해 출발했다. 전에는 '치앙콩', 메콩 강의 상류에서 차를 배에 싣고 국경을 넘었는데, 요즈음은 치앙콩을 들어가기 전 메콩 강 하류 쪽에 커다란 다리가 생겨 그곳 출입국 사무소를 통해 라오스를 갈 수가 있다. 차를 타고 국경을 건너야 하기 때문에 많이 편해졌다. 배를 타고 건너려면 가격도 만만치가 않았고, 배를 타기 위해 대기하는 시간도 지루하기 때문이다.

새로 생긴 출입국 사무소는 현대식 건물에 다리도 크고 튼튼하게 만들어져 쉽고 빠르게 라오스로 건너갈 수가 있다. 다리를 건널 때는 통행료를 내야 하는데, 우리나라 돈으로 환산하면 약 1,500원 정도로 저렴하다. 국경을 넘어 3번 국도를 따라 소수민족이 많이 살고있는 라오스 북쪽 '루앙남타로 향했다.

천천히 주변 풍광을 감상하며 가는 나의 시야에 왼쪽으로 갈라지는 도로가 나타났다. 차를 멈추고 지도를 확인하니, 실낱같이 노란색으로 표시된 도로는 멀리 미얀마 국경까지 이어지고 있었다. 호기심이 생긴 나는 루앙남타로 향하던 계획을 바꾸어 왼쪽도로로 들어섰다.

이정표를 보니까 '무앙멍'이라는 글씨가 보였다. 10분도 채 가지 않아 비포장도로로 바뀌었다. 나는 포장된 도로보다 조금 힘들어도 비포장 길로 달리는 것을 더 좋아한다. 왜냐면 비포장도로로 가다가 보면 여행객의 발길이 닿지 않는 순수한 사람과 자연을 만날 수 있기 때문이다. 이 길 역시 나의 기대를 저버리지 않았다.

천진난만한 아이들을 만나다

소달구지 뒤에 타고 가던 동네 아이들이 나를 보고 소리를 지르며, 손뼉을 치고 환영해 주었다. 나는 차를 멈추고 미리 준비해 간 '초코파이'를 하나씩 나누어 주었다. 생전 처음 보는 과자를 받아 든 아이들은 정말 좋아하며 초코파이를 먹기 시작했다.

그런데 조그마한 여자아이 하나는 먹지 않고 가만히 주머니 속으로 초코파이를 숨겼다. 생전 처음 보는 맛있게 생긴 빵을 얼마나 먹고 싶을까, 그런데도 나의 눈을 살짝 피해 초코파이를 숨기는 그 소녀의 마음을 나는 알 수가 있을 것 같았다. 아마도 집에서 기다리는 엄마와 어린 동생들에게 보여주고 나누어 먹기 위해서 일 것이다.

나 역시 어렸을 때 특이한 음식이 생기면 나 혼자 먹기가 아까워 집에 가지고 와 동생들과 나누어 먹곤 했다. 문득 옛추억이 떠올라 눈시울이 뜨거워졌다. 문명의 발달과 함께 아름답고 끈끈한 가족 간의 사랑과 우애가 사라져가는 지금 그 소녀의 기특한 마음이 나로 하여금 삶을 또 한 번 되돌아보게 만들었다. 그리고 나의 마음 속 깊이 순수한 사랑을 자리 잡게 했다.

나는 아이들과 헤어질 때 살며시 그 소녀의 손에 초코파이 하나를 더 쥐여주었다. 착한 소녀 일행들과 헤어져 다시 비포장 길을 달렸다. 비록 길은 거칠고 험한 비포장 길이지만 아직도 오염되지 않은 자연환경과 혼자 보기에는 아까운 영롱한 파란 하늘은 여행에 지치기 쉬운 나의 몸과 마음을 즐겁게 하고 설레게 한다.

가는 길목 마을 어귀에는 조릿대를 만드는 가느다란 대나무를 숲에서 채취해 크나큰 단을 만들어 묶어 길가에 산더미처럼 쌓아 놓고 커다란 트럭에 싣느라, 분주한 주민들의 모습이 보인다. 길을 따라 계속 수십 킬로미터를 이어지는 광경은 실로 장관이다. 이 지방에는 산의 토질이 좋고 대나무가 자라기에 적당한 기온 때문에 대나무 수확량이 라오스 전체 생산량의 대부분을 차지한다니 놀라울 뿐이다.

지금 차에 싣는 대나무는 경제 상황이 좋은 태국으로 전부 보낸다고 하니, 태국에서 접했던 안락의자나 침대 등 대부분의 제품들이 이곳의 대나무로 만들었음을 미루어 짐작했다.

 ## 무엉멍에서의 하룻밤

몇 시간 후 나는 이정표에 나타난 '무엉멍'에 도착했다. 조용하고 아늑한 시골 마을이었다. 마을 중앙에는 재래시장도 있고 철물점, 방앗간 등 여러 생필품을 파는 가게들도 있었다. 이곳은 비교적 깨끗해 보이고 아담한 게스트하우스도 있었다. 무엇 때문에 누구를 위하여 이곳 작은 마을에 게스트하우스가 있는지 의아했지만, 시간이 늦어 다른 생각은 더이상 하지 않고 이곳에서 하룻밤을 묵어 가기로 했다.

들어간 속소는 젊은 부부가 운영하는 곳이었다. 그들은 나를 반갑게 맞아 주었다. 숙소에서 잠깐 휴식을 취한 후 시장부터 구경을 하기로 하고, 곧 숙소를 나섰다.

장터에는 여러 가지 물건을 파는 가게가 있었으나 아침에만 손님들이 오는 반짝 장처럼 많은 가게가 문을 닫고 손님들은 거의 없었는데, 한 곳 가게에서 사람들이 모여 떠드는 소리가 들려 그곳으로 향했다.

가게 안에는 나이가 제법 들어 보이는 아줌마, 아저씨들이 둘러앉아 맥주를 마시고 있었다. 기웃거리는 나를 발견한 마음씨 좋은 아저씨 한 분이 뜻하지 않은 환대를 하여 그곳 사람들과 어울려 맥주를 제법 많이 마셨다. 어차피 오늘은 이곳에서 자야 했기 때문에 부담감이 적었기 때문이었다.

그곳의 가게는 여자들 옷을 만들어 주는 옛날 우리나라 양장점 같은 곳이었는데, 국가 공무원이셨던 주인아줌마가 퇴직 후 고향에 돌아와서 심심풀이로 옷 만드는 일을 하고 있다고 했다.

분위기가 무르익자 낯선 외국인인 나에게 여러 가지 질문이 쏟아졌다. 여기는 무엇 때문에 왔으며, 어느 나라에서 왔고 왜 혼자 다니느냐는 등, 여러 가지 질문과 이야기를 나누었다. 나도 술을 얻어 마시는 게 미안해 몇 번 맥주를 샀고 그러면 또 그 사람들도 사고, 그러면서 우리는 친해졌다. 옛날부터 알고 지내는 사이처럼 친해지고 나자 그 사람들은 흥에 겨워 손뼉을 치며 노래를 부르기 시작했다. 즐거우면 노래를 부르는 건 여기도 마찬가지인 모양이었다. 그리고 나에게도 노래를 권해 나도 주저하지 않고 '소양강 처녀'를 큰 소리로 불렀다.

조용한 라오스 시골의 외딴 마을에서 부르는 '소양강 처녀'는 내가 불러도 흥에 겹고 즐거운 노래다. 즐거운 시간이었다. 여행을 하다 보면 뜻하지 않게 많은 경험을 하게 되지만 오늘처럼 현지 주민들과 어울려 맥주를 마시고 노래를 불러보기는 처음이었다. 술자리가 너무나 즐거웠지만 여행을 하면서 과음은 금물이다. 그리고 실수를 해서도 안 된다. 더 놀다 가라는 아저씨, 아주머니들의 권유를 사양하고 숙소로 돌아왔다.

그런데 생각지도 못한 일이 생겼다. 숙소의 주인 내외가 갑자기 부모님들이 사는 마을에 가봐야 한다며 나 혼자 남기고 가 버린 것이었다. 한적한 마을, 외딴 곳에 있는 커다란 게스트하우스에 달랑 나 혼자 남게 된 것이었다. 황당한 일이었지만 달리 할 수 있는 일이 없었다.

방으로 들어온 나는 이불을 뒤집어쓰고 잠을 청했다. 하지만 잠을 잘 수가 없었다. 너무나 무서웠다. 멀리서 개 짖는 소리가 꼭 산 짐승 소리처럼 들렸고, 산간지역이라 그런지 이슬이 꼭 비처럼 내려 뚝뚝 떨어지는 소리도 이상하고 무섭게 느껴졌다. 라오스에는 뱀도 많다는데, 혹시나 뱀이 들어오지 않을까 하는 두려움도 밀려 왔다. 결국, 두려움에 이불을 머리까지 뒤집어쓴 채로 밤을 지새웠다.

그러나 시간은 흘러 어김없이 아침은 밝아왔다. 멀리 서 있는 야자수를 배경으로 산골짜기 능선 위로 떠오르는 태양은 유난히도 크고 빨갛게 하늘을 물들이며 떠오르고 있었다. 같은 태양이지만 떠오르는 곳에 따라 아름다움이 달라지는 게 신기하기도 하고 좀처럼 보기 드문 일출 모습을 바라보며 새벽시장으로 향했다. 부지런한 마을사람들과 더불어 멀리 산골짜기 마을에서 생활하는 산족들까지 모여들어 새벽시장은 활기 찼다. 갖가지 채소 그리고 물고기 과일, 산에서 사냥한 멧돼지고기까지 그야말로 없는 것이 없었다.

심지어는 쥐도 팔았다. 제법 살이 통통하게 찐 쥐는 그냥 팔기도 했지만, 껍질을 벗겨 훈제로 말려 팔기도 했다. 내가 보기에는 징그러웠지만 이곳의 사람들은 아무렇지도 않게 많이들 사갔다. 나는 장작불로 국물을 끓여 약간의 고기를 얹어 말아주는 쌀국수를 파는 난전에 앉아 쌀국수를 두 그

룻이나 사 먹었다.

양이 적기도 했지만 약간 쌀쌀한 새벽에 먹는 따끈따끈한 쌀국수맛이 좋아서였기도 했다. 과일 전에서는 산에서 따온 자연산 바나나를 한 줄기 사고 숙소로 돌아왔다. 정오가 지나가는데도 젊은 주인 내외는 나타나지 않았다. 하는 수 없이 열쇠를 탁자 위에 두고 어제 왔던 길을 뒤돌아 다시 '루앙남타'를 향해 다시 차를 운전했다.

언젠가 기회가 되면 가족들과 같이 오면 좋겠다는 생각을 하며 아름답고 인심 좋은 착한 사람들이 모여 사는 '무앙멍'을 몇 번이나 뒤돌아보았다.

 ## 무앙씽의 아이들

루앙남타에서 1박을 하고 전에부터 가고 싶었던 '무앙씽'에 가기로 했다. 루앙남타에서 서북쪽으로 미얀마 국경 쪽으로 17A 도로를 따라 약 150㎞ 정도 떨어진 무앙씽은 도로도 열악하지만 큰 산맥을 넘어야만 갈 수 있기 때문에 라오스에서는 오지로 분류되는 곳이다.

끝없이 계속되는 산비탈 길을 오르고 또 올라 힘겹게 가야 했다. 가는 도중 중간중간 길가에 몇 개의 마을이 있었지만, 어른들은 산속으로 약초나 농산물 캐러 나가고 동네에는 어린아이들만 놀고 있었다. 아이들은 신발도 신지 않은 맨발로 학교에는 가지 않는지, 어린 동생들을 안고 놀고 있었다. 라오스에서는 아이를 등에 업지 않고 옆구리에 차듯이 옆으로 안고 다닌다.

우리가 보기에는 더 힘들 것 같은데, 아이들은 능숙하게 동생을 옆구리에 차고 공기 놀이 같은 것도 곧잘했다. 나는 차의 짐칸에 치앙마이에서 과자 도매상에 들려 옛날 왕사탕이나, 유과 등 과자를 라면 상자로 몇 박스 정도 구입해 싣고 다녔다.

특히 라오스에 올 때는 불쌍해 보이는 아이들이 너무 많아 초코파이로는 감당할 수 없어, 사탕을 나누어 주기로 했다. 차를 마을에 멈추고 아이들에게 사탕을 나누어 주기 시작하면 어느 사이에 금방 수십 명의 아이들이 모여든다. 어떤 아이들은 오른손으로 받고 또 왼손을 내민다. 어떤 아이들은 자기가 안고 있는 아이의 손을 내밀기도 한다. 아이들이 너무 많아 얼굴 보다는 내미는 손을 보고 나누어주기 때문이다.

남루한 옷에 신발도 싣지 않았지만, 아이들의 눈망울은 초롱초롱하고 얼굴은 천사처럼 맑고 예뻤다. 그중 한 아이는 눈이 쌍까풀이 지고 얼굴이 하얗게, 너무 귀엽고 예뻐 내가 한 번 안아 주려고 보니깐, 입은 바지 체육복이 너무 낡아 엉덩이가 다 보였다. 팬티도 입지 않는 거 같았다. 한 번 입으면 떨어질 때까지 옷을 갈아입지 않는 거 같았다. 가엾다는 생각이 들어 그 아이를 꼭 껴안고 하나님께 기도했다. '이 아이가 훌륭하게 자랄 수 있게 해 주십시오.' 하고 말이다.

그런데 기도가 끝나고 보니 이 아이의 얼굴이 빨개진다. 남자인 줄만 알았는데, 여자아이였던 것이었다. 순진하고 천진난만한 천사의 얼굴을 닮은 아이들과 놀다 보면 나도 함께 순수해지고 착해지는 거 같은 기분이 든다. 나중에 여건이 된다면 이 아이들에게 조금이나마 보탬이 되는 일을 해 보고 싶다.

아이들에게 작별인사를 하고 차가 떠날 때는 아이들이 멀리서 내 차가 보이지 않을 때까지 손을 흔들고 있었다. 무앙씽은 미얀마 국경 쪽 산비탈과 가까운 분지에 자리 잡은 조그만 도시였다. 그러나 워낙 큰 도시와는 멀리 떨어져 있어서 라오스에서는 오지 중의 한 곳으로 꼽힌다. 시내 중심가에 있는 시장을 찾아 차를 세우고 구경에 나섰다.

어느 곳이나 시장은 비슷했지만, 여기는 파인애플이 많이 나는지, 파인애플을 시장에 산더미처럼 쌓아 놓고 팔고 있었다. 그냥 지나칠 수 없어 싱싱한 파인애플을 하나 사서 먹기로 했다. 새콤달콤 정말 맛있었다. 특히 파인애플에서 나는 닷맛은 한국에서 경험해 보지 못한 훌륭한 맛이었다. 시장했던 나는 쌀국수를 파는 난전에 들러 쌀국수도 한 그릇 먹었다.

라오스에서 파는 쌀국수는 면이 굵고 쫄깃쫄깃해 태국에서 파는 쌀국수보다 더 맛이 있었다. 그리고 가격도 더 저렴해, 여행 중에 부담 없이 사 먹을 수 있는 음식이다. 이곳 무앙씽은 서쪽으로는 미얀마와 북쪽으로는 중국과 국경이 맞닿아 있어 교통의 중심지이다. 나는 지도를 찾아 중국 국경 검문소를 찾아갔다. 규모는 작고 아담했지만, 국경을 넘어 중국으로 가는 차들과 사람들은 많아 보였다. 다음에 기회가 된다면 여기에서 중국으로 한번 가보고 싶다고 생각했다. 오늘은 중국 비자가 없어 아쉽지만 돌아섰다.

어려움과 고생의 시작

다시 지도를 살핀 후 여기에서 미얀마 국경, 메콩 강 쪽으로 이어지는 실핏줄처럼 가느다랗게 이어진 도로를 따라 가보기로 했다. 왜냐하면 여기는 한 번 들어오기가 힘들어, 멀리 왔을 때 많은 곳을 경험해 보고 싶었기 때문이다.

시내를 조금 벗어나자 나타난 도로 번호도 없는 길은 처음부터 비포장도로였다. 각오를 다지고 출발했기 때문에 당연하게 생각하고 핸들을 잡은 손에 힘을 주고 액셀을 힘차게 밟았다.

얼마 지나지 않아 비포장 길은 빨간 황토색 흙으로 변해 주위의 초록색 자연과 어우러져 멋있는 장관을 만들어 준다. 황토색 길은 너무도 빨개서 꼭 고춧가루를 풀어 놓은 듯 너무나도 아름답다. 전에 중국 영화 '붉은 수수밭'에서 보았던 아름다운 배경이 꼭 이곳 황토밭 길과 비슷했다. 이색적인 풍경을 보자 가슴이 설레기 시작했다. 망설이지 않고 이 길로 온 걸 너무도 잘 선택한 일이라고 생각했다.

빨간 황톳길 양옆으로는 끝이 보이지 않는 바나나 농장이 계속된다. 양옆 그리고 앞을 보아도 바나나밭은 끝이 보이지 않는다. 바나나 농사는 물이 많이 필요하기 때문에 스프링클러 시설도 해야 하고 물을 많이 끌어올수 있는 강이 가까이 있어야 한다. 이 어마어마한 바나나 농장을 운영하는 것은 라오스 사람의 경제력으로는 어림 없다. 아마 중국의 거대 자본이 들어오지 않았나 짐작해 본다.

이곳에서 생산되는 바나나만 해도 우리나라 사람들이 전부 먹어도 될 것만 같은 크나큰 바나나 농장이다. 서너 시간을 달렸을까, 드디어 메콩 강가에 자리 잡은 조그만 도시에 들어섰다. 지도에 이름도 나타나지 않은 조그맣고 조용한 도시이다. 나루터에 배가 몇 척 정박해 있고 근처를 오가는 나룻배를 타려는 사람들이 모여 있기도 했다.

이곳 역시 중국 사람들이 많이 살고 있었는데, 대부분 음식점을 운영하고 있었다. 나는 오랜만에 중국 음식을 먹어보고 싶어 사람들이 많은 식당을 선택해 들어갔다. 중국 음식은 우리나라 사람에게는 조금은 친숙해져 있어서 맛이 있었다. 그런데 음식을 주문하는 과정에서 주인하고 나하고 말이 잘 통하지 않아 음식이 너무 많이 나와 버렸다. 그렇다고 이미 나온 음식을 취소할 수가 없어 몇 가지는 도시락에 포장을 했다. 그때까지만 해도 나는 다음날 그 음식이 얼마나 요긴하게 쓰일지 알지 못했다.

조그마한 도시였기 때문에 구경거리는 별로 많지 않아 차를 돌려 '무앙씽'으로 향했다. 그런데 시가지를 조금 벗어나자 오른쪽으로 조그만 길이 나타난다. 그곳 주민에게 물어보니 며칠 전 다녀왔던 '무앙멍'으로 갈 수 있단다. 지도에도 나타나지 않은 길이었지만 나의 호기심을 이기지 못하고 그 길로 핸들을 꺾어 들어갔다.

얼마 지나지 않아 그 길은 내리막길에 진흙탕이 범벅이 된 길로 변해 간다. 조금은 불안했지만, 내리막 진흙탕 길을 벌써 많이 들어와 버렸기 때문에 돌아갈 수도 없었다. 진흙탕 길은 어떻게 내려는 갈 수 있으나 오르막길을 올라가기는 불가능하다.

그저 앞으로 나가기만 할 수밖에 없었다. 길은 점점 희미해졌으며, 잡초와 대나무 등 나무들은 길을 막아 앞이 보이지 않을 정도가 되었고 진흙탕길은 점점 깊어져만 갔다. 지금 라오스는 건기인데도 요즘은 이상기후 때문에 비가 자주 내려 길이 엉망이 되어 버린 것이다. 그러나 되돌아가는 것은 불가능했고, 앞으로 가는 방법뿐이었다. 갑자기 겁이 난다. 무모하게도 정확한 정보도 없이 이 길로 들어온 나의 어리석음을 뉘우치며 얼마를 더 가야 할지 모르는 공포에 아무것도 생각이 나지 않았다.

해가 저물고 날은 어두워지는데, 앞은 잘 보이지 않고 길은 진흙탕에 차가 잘 나아가지를 못했다. 다행히 기름은 시내에서 가득 넣었기 때문에 조금은 위로가 됐다. 숲속에는 모기와 여러 가지 벌레들도 많아 문을 열어 놓지 못하고 숲을 헤치며 보이지 않는 길을 조심조심 더듬어 나아갔다. 나무가 쓰러져 길을 막고 있으며 차에서 내려 손으로 치우고 하느라 나의 온몸이 진흙투성이가 되었고, 차 역시 진흙에 뒤덮여 앞도 잘 보이지 않았다.

그나마 다행인 것은 내 차가 앞뒤 기어가 되어 있는 사륜구동이어서 힘이 좋다는 것이었다. 아슬아슬하게 빠질 듯 빠질듯하며 진흙탕 길을 빠져나가는데, 어느 순간 차가 전진을 하지 못하고 멈추어 버렸다. 커브 길에 핸들을 너무 급히 꺾은 모양이다. 차에서 내려 상황을 보니까 정말 큰일이었다. 오른쪽은 천 길 낭떠러지고, 왼쪽은 언덕배기로 되어 있어 옴짝달싹 못하게 되어 버린 것이다. 왼쪽으로 핸들이 너무 꺾여 있어 차가 전진하지 못하고 차 바퀴가 옆으로 조금씩 조금씩 밀리기만 할 뿐이었다. 조금만 더 밀리면 낭떠러지로 차와 함께 떨어질 수도 있었다.

앞이 캄캄했다. 어딘지도 잘 모르는 산속에서 이러지도 저러지도 못하는 난감한 상황이었다. 무리하게 더 전진하려고 하다가는 자칫 잘못해 차가 낭떠러지로 떨어지면 나는 죽고 말 것이며, 또 차를 포기하고 걸어서 나간다고 해도 동서남북이 분간이 안 되는 정글 속 진흙탕을 헤치고 나간다는 보장도 없었다. 또 해는 저물어 간다. 어떻게 할 수 없는 절망적인 상황이다. 정확한 정보도 없이 무모한 호기심 때문에 여기까지 와 버린 나 자신이 원망스러웠다.

짧은 순간에 많은 생각이 나고 한국에 있는 가족들이 생각났다. 특히 재롱둥이 손주 녀석의 웃는 얼굴이 떠올라 눈물이 핑 돌았다.

벌레와 무더위 때문에 밖에 나가지도 못하고 차 안에서 생각을 해보지만 아무런 해결책이 떠오르지 않았다. 다행히 기름은 여유가 있어 계속 에어컨은 켤 수가 있었다. 나중에는 짜증이 나고 화가 치밀어 올랐다. 그리고 더 나중에는 하나님에게도 화가 났다. 내가 이 지경이 된 것이 하나님이 나를 보살펴 주시지 않아서 이런 상황이 되어 버렸다고까지 생각하게 된 것이다. 그러다 나도 모르게 하나님 이럴 때는 어떻게 해야 하나요? 짜증 가득한 목소리로 크게 외쳤다. 그런데 그때 기적이 일어났다.

 ## 기적이 일어나다

언제인가는 기억할 수 없지만 먼 옛날 나의 친구가 한 말이 갑자기 떠오른다. 차가 눈 위에서나 진흙탕에 빠졌을 때는 핸들을 꺾으면 절대 빠져 나올 수가 없다. 핸들을 살며시 천천히 돌려야 빠져 나올 수 있다는 경험담을 들려주던 생각이 난다. 아! 맞다. 바로 그거로구나! 나는 차에서 내려 상황을 점검해 보았다. 오른쪽 앞바퀴는 낭떠러지와는 50cm 정도의 여유가 있었고, 차 뒤에는 불행 중 다행히도 잡초와 흙으로 되어 있는 언덕이어서 무리하면 조금은 후진이 가능할 것 같았다. 나는 다시 차에 올라 고개를 내밀고 차 바퀴를 똑바로 세우고 후진 기어를 힘차게 넣은 다음, 후진을 시작했다.

차 뒤 범퍼가 언덕에 부딪혀 차가 다 망가졌지만 나는 최대한 많이 후진을 하기 위해 가속 페달을 힘껏 밟았다. 잠시 후 약 50cm 정도 후진이 되었고, 낭떠러지와 간격은 약 1m 정도 여유가 생겼다. 핸들을 급하지 않게 살짝 왼쪽으로 꺾으며 '하나님 도와주세요'를 속으로 외치며 전진했다. 기

적이 일어나는 순간이었다. 차는 별다른 문제 없이 가볍게 진흙탕을 빠져
나왔다. 죽었다 살아나온 것이다.

빠져나온 차를 한쪽 넓은 길가에 세우고 정신을 가다듬었다. 내가 그곳
을 빠져나왔다는 게 실감이 나질 않고 꿈에서 깨어난 기분이었다. 눈물이
핑 돌고 가족들 생각이 났다. '호랑이에게 물려가도 정신만 똑바로 차리면
살 수 있다'는 속담처럼 가만히 앉아 정신을 가다듬기로 했다. 그제야 출발
할 때 시내에서 포장해 온 음식이 생각나 허기진 배를 채웠다. 물로 목도
축이고 음식을 먹으며 상황을 천천히 점검해 나아갔다.

지금까지 진흙탕을 헤쳐 나오면서 몇 가지 깨달은 게 있었다. 기아는 1단
보다는 2단을 사용해서 과감하게 지나가야 한다는 것이었다. 1단은 2단보다
힘이 세지만 속력이 너무 느리며 자칫 차가 구덩이에 잡혀 버리기 때문이다.

경험을 토대로 1단이 아닌 2단으로 해가 지기 전에 많이 가야 한다는 생
각으로 진흙탕을 헤쳐 나아갔다. 역시 경험이 중요했다. 처음보다는 좀 더
익숙하게 진흙탕을 빠져나와 한참을 달렸다.

 ## 라오스 군인 막사에서의 하룻밤

그런데 갑자기 숲속에서 총을 든 사람 4명이 나타나더니 차를 가로막았
다. 갑자기 나타나 총을 겨누는 사람들을 보고 겁이 나고 무서웠지만 침착
하기로 했다. 자세히 보니 산적은 아니었고 이곳 국경을 지키는 라오스 군
인이었다.

라오스 군인들은 나를 차에서 내리게 한 뒤, 차 구석구석을 뒤지기 시작했다. 미얀마 국경 근처에 외국인이 들어온 게 수상했기 때문이다. 여권과 자동차 등록증 등을 확인한 후에도 나를 숲속 한가운데 지어 놓은 군인 막사로 연행했다.

그곳에서 군인들과 지휘관인 것 같은 사람이 나타나 나에게 여러 가지 신문을 했다. 나는 두려움도 있었지만, 정글 속에 혼자 고립된 것보다 라오스 군인들을 만난 게 솔직히 더 반가웠다. 그 군인들은 라오스 국경수비대 소속으로 메콩 강을 경계로 주둔하는 군인들이며 미얀마 쪽에서 넘어오는 사람들과 마약운반을 막기 위해 숲에다 참호를 파고 경비를 한다고 했다.

나한테서 별다른 수상한 점이 발견되지 않자 군인들은 경계를 풀고 호기심 어린 눈으로 많은 질문을 던졌다. 군인들은 나이가 어린 사람이 많았고, 순진하고 착해 보였다. 한 젊은 군인이 이제는 조금 나와 친해졌다고 생각하는지 골프채를 가리키며 무엇하는 물건이냐고 물었다. 차에 실려 있는 채는 치앙마이에서 깜빡 잊고 싣고 온 것이다.

나는 그 군인에게 몸으로 골프를 치는 모습을 흉내 내면서 설명을 해 주었다. 그러나 그 젊은 군인은 이해를 잘하지 못하는 듯 나에게 직접 시범을 보여달라고 했다. 나는 기다렸다는 듯이 스트레스도 풀 겸 티를 땅에 놓고 메콩 강 쪽을 향해 공을 힘차게 날려 보냈다. 그 광경을 본 군인들이 박수를 치며 환호했다. 그리고는 또 한 번 해보란다. 나는 사양하지 않고 계속해서 공을 메콩 강 쪽으로 날려 보냈다. 조금 친해진 군인들에게 약간의 회식비를 건넸다. 군인들은 얼마 남지 않았다며 무사히 잘 가라는 격려의 말과 함께 손을 흔들어 주었다.

벌써 날은 어두워져서 라이트를 켜야만 했다. 그렇지만 더 늦기 전에 민가가 있는 데까지 가야만 했다. 군인들 말로는 얼마 가지 않아 마을이 있을 거라고 했는데, 한참을 갔는데도 동네는 나타나지 않고 계속 진흙탕 길만 이어졌다. 캄캄해진 정글 숲길을 헤쳐나가는 게 힘이 들었다. 핸들을 꼭 잡고 오른쪽, 왼쪽 진흙탕 길을 홈 패인 길을 따라 운전을 해 나가는데, 제정신이 아니었다.

야간에 정글 속 진흙탕 길을 헤쳐 나가는 것이 무리였는지, 한순간 차가 멈추어 바퀴가 헛돌기 시작했다. 아무리 전진, 후진, 기어를 바꾸어가며 시도해 봤지만, 차는 더이상 움직이지 않고 계속 헛바퀴만 돌았다. 이거 큰일 났다. 또다시 무서움이 밀려오고 등골이 오싹해졌다. 차에서 내려 자세히 차를 살펴보니 차 가운데 부분이 길 중간에 튀어나온 흙더미에 올라 타 바퀴가 힘을 쓰지 못하는 것이었다. 차에 있는 잭과 공구를 꺼내 차를 들어 올리고 돌을 주워와서 바퀴 밑을 메워 보았지만 차는 꼼짝을 하지 않았다.

시계를 보니 벌써 밤 9시가 지나가고 있었으며 주위는 칠흑같은 어둠에 모든 게 잘 보이지가 않았다. 너무나 힘들고 무서움이 밀려와 기진맥진해져 더는 움직이기조차 어려웠다. 차에서 잠을 자고 날이 밝기를 기다리며 차 안으로 들어가 잠을 청했는데, 잠은 오지 않고 무서움만 더 해졌다. 캄캄한 숲속에서 금방이라도 도깨비가 튀어나올 것만 같아 도무지 그곳에 머무를 수가 없었다.

나는 하는 수 없이 왔던 길을 뒤돌아 걸어서 라오스 군인들이 있는 초소로 가기로 했다. 라이트를 켜고 차에 있을 때는 잘 몰랐는데, 막상 차를 떠나 라오스 군인들을 향해 가려니 이제는 앞이 보이질 않는다. 당장 1m 앞도 보이지 않았다. 가끔 개똥벌레들만 날아다닐 뿐, 아무 것도 보이지 않는 캄캄한 곳에서 손을 앞으로 내저으며 더듬 더듬 기어가다시피하며 앞으로 나아갔다.

어쩌다가 내가 이 곤경에 처하게 되었는지 답답하고 무서워 눈물이 자꾸 났다. 그러나 방법이 없었다. 내가 살 수 있는 길은 라오스군 막사를 찾아 가는 길뿐이었다. 한참을 길을 찾아 넘어지고 다치기를 반복하며 드디어 라오스군 막사에 도착했다. 나를 발견한 군인들은 깜짝 놀라며 나의 사정 이야기를 들은 후 걱정하지 말라며 나를 위로해 주었다. 몸을 대강 씻은 후 군인들이 자는 막사 안으로 들어갔다. 옛날 우리 군인들이 생활하던 내 무반하고 비슷했다. 양옆으로 침상이 있고 가운데 통로 그리고 맨 끝에는 소대장실이 따로 있었다. 침상 위에 매트리스를 깔고, 숲속에는 모기가 많 기 때문에 그 위에 모기장을 각자 치고 잠을 잤다.

나도 군인들이 지정해 준 모기장 안에 들어가 잠을 청했다. 그러나 쉽게 잠이 오지 않았다. 그리고 많은 생각을 했다. 오늘 하루 겪었던 일들이 생 각나고 내일 또 차를 건져 올려야한다는 걱정, 집에 두고 온 식구들, 나의 어리석었던 행동, 또 내가 잠이 들면 혹시나 군인들이 나쁜 행동을 하지 않 을까, 정말 많은 생각이 들었다.

불침번을 서는 군인 하나는 모자에 전등 하나를 매달고 통로를 왔다 갔 다 하며 열심히 근무를 서고 있다. 그때 옛날 나도 군대 있을 때, 불침번을 했던 추억이 생각난다. 곤히 잠을 자고 있을 때 교대를 하자며 나를 깨우던 그 전우도 얼굴은 희미하지만 생각이 난다.

그렇게 뒤척이다 잠깐 잠이 들었는데, 이번에는 소변이 마렵다. 불침번에 게 화장실이 어디냐고 물으니깐 나를 밖으로 나가서 메콩 강 쪽을 가리키 며 그쪽으로 소변을 보란다. 참으로 편리한 방식이다. 늦게 잠이 들어 곤히 자고 있는데, 불침번이 크게 호루라기를 불며 기상을 알렸다.

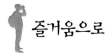 즐거움으로

기상 후 군인들은 밖에 있는 공터에 모여 아침 체조를 소대장이 부르는 구령에 맞추어 열심히 했다. 한편에서는 취사병들이 아침 식사 준비를 했다.

화로에 장작을 피우고 솥을 올리고 그 위에 바구니를 얹어 찹쌀밥을 찌는 것이다. 우리나라에서는 찹쌀이 더 비싸지만, 동남아에서는 멥쌀이 더 비싸다. 그래서 찰밥은 서민들이 즐겨 먹는 주식이 되었다. 여유가 없는 서민들은 소화가 빨리 되지 않는 찰밥이 배가 빨리 고프지 않아 많이 먹는다고 하는데, 나는 그냥 밥보다는 찰밥이 더 맛이 있어서 즐겨 먹는다. 산속이라서 그런지 새벽에는 날씨가 꽤 쌀쌀했다. 나는 밥을 찌고 있는 취사병 옆에 앉아서 따뜻한 장작불을 피우는 일을 거들었다.

그 취사병은 꽤 나이가 들어 보여 몇 살이냐고 물어보니 27살이나 된단다. 제대하더라도 특별하게 다닐 직장도 없단다. 그래서 밥 먹는 걱정은 없는 군대에 벌써 7년째 있다고 했다. 내가 장가는 가야 하지 않겠느냐는 말에 그 군인은 쓸쓸히 웃으며 돈이 있어야 장가를 가는데, 돈이 없어 장가는 엄두도 못 낸다고 했다.

다른 취사병 하나는 숲속 자투리땅에 심어 놓은 배추를 한 아름 뽑아와서 씻고 다듬어 간장과 풋고추를 넣고 국을 끓인다. 그리고 숲에 있는 바나나 잎을 따서 탁자 위에 깔고 맛있게 쪄진 찰밥을 한 곳에 올린다. 그리고 배춧국을 한 그릇씩 퍼서 식사했다. 배도 고팠고 숲 속 라오스 군인 막사에서 젊은 군인들하고 먹는 찰밥은 생각보다 더 맛이 있었다. 반찬은 달랑 배춧국 하나였지만, 국에다 무엇을 넣었는지 구수했고, 그 매콤한 국물은 허기진 배속을 따뜻하게 해 주었다.

막사에는 닭을 많이 키우고 있었다. 특별히 닭장 같은 것은 보이지 않았지만, 어미 닭과 병아리는 수십 마리나 되었다. 그냥 풀어 놓고 기르는 것 같았다. 그런데 먹이는 쌀을 주는데, 부대에는 쌀이 풍부한지 닭들에게 듬뿍듬뿍 뿌려주었다. 고양이와 개도 몇 마리 보였다. 산속에서 생활하는 것이 외로워서인지 동물을 많이 키우는 것 같았다. 식사 후 설거지를 하고 주변 청소를 조금 한 다음 근무를 서는 사람을 제외한 많은 군인이 나를 돕기 위해 소대장이 인솔하에 삽괭이, 널빤지 등을 지참하고 출발했다.

대규모 인원이었다. 라오스 군인들이 꼭 옛날 군대 시절 우리 전우들 같은 착각이 들었다. 내 차가 빠져 있는 곳까지는 한참을 걸어 가야 했다. 밤중에 아무것도 보이지 않는 어둠 속에서 이 먼 길을 더듬더듬 더듬으며 온 스스로가 대견했다. 현장에 도착한 우리는 일사불란하게 움직였다. 잭으로 차를 들어 올리고 흙을 퍼 와서 파헤처진 구덩이를 메우며 그 밑에 널빤지를 깔고 열심히 했다. 약 1시간 후 내 차는 구덩이에서 빠져 나올 수 있었다. 군인들은 나와 악수를 하며 자기들 일처럼 기뻐해 주었다.

나는 라오스 아이들에게 나누어 주려고 준비했던 사탕을 군인들에게 모두 나누어 주었다. 군인들은 서로 많이 가지려고 난리였다. 사탕은 제법 많았다. 사탕을 한 아름씩 받아 든 군인들은 나에게 잘 가라며 손을 흔들며 부대로 돌아갔다. 나도 다시 차를 몰아 숲속을 헤쳐 나아갔다. 한참을 달려서 나는 제법 큰 마을 입구에 도착했다.

꿈만 같은 순간이었다. 그 마을에는 제법 큰 절도 있고, 식료품과 음식을 파는 가게도 있었다. 나는 가게에서 시원한 라오스 맥주를 한 병 사서 단숨에 들이켰다. 흙투성이가 되어 있는 내 차와 내 모습을 보고 동네 주민들이 모여든다.

외국인인 나를 호기심 어린 눈으로 바라보며 어디서 오는 길이냐고 묻는다. 나의 설명을 듣고 난 주민들은 놀라며 믿지 않으려고 한다. 어떻게 그 길을 나 혼자서 나올 수가 있느냐며 의아해하다가 이야기를 듣고는 엄지손가락을 추켜세우며 최고라고 말해 주었다.

몇 해 전 폭우가 내려 길이 망가진 후 벌써 몇 년째 그 길은 오갈 수가 없는데, 내가 그 길에서 나타났으니 동네 주민들은 믿기지 않는 모양이었다. 나는 동네 공터에 있는 간이 샤워장에서 몸을 씻고 옷을 갈아입었다. 그리고 가게 의자에 앉아 어제 내가 지나왔던 길들을 돌이켜 생각해 보았다. 나도 내가 그 길을 빠져 나왔다는 게 믿기지 않고 꼭 기나긴 악몽을 꾸고 깨어난 기분이다. 절벽 진흙탕에 빠져서 오도 가도 못하고 절망에 빠졌을 때 하나님의 도움으로 헤쳐 나오고, 다시 구덩이에 빠진 후 받은 라오스 군인들의 도움과 막사에서 보낸 하룻밤이 주마등처럼 내 머릿속을 스쳐지나갔다. 나의 무모함과 어리석음을 뉘우치며 다시 한 번 진심 어린 감사의 마음을 전하려 하나님께 기도하고 마을을 떠나 출발했다.

다음에 기회가 되면 위문품을 많이 가지고 나의 전우가 된 고마운 라오스 국경 수비대원 막사를 꼭 다시 한번 찾아오리라, 하고 다짐했다.

심신이 지쳐버린 나는 라오스에서 다음 일정을 취소하고 라오스와 태국 국경도시 '후에이 사이'의 세차장에서 보통 요금의 두 배를 주고 엉망이 되어 버린 차를 엔진까지 깨끗이 씻은 후 그곳 재래시장에 들렀다. 그곳에서 쫄깃쫄깃하고 얼큰 한 라오스 쌀국수를 곱빼기로 시켜 맛있게 먹은 후 국경을 넘어 치앙마이로 돌아왔다.

5
다시 찾은 라오스

메콩 강 앞에서 골프를 선보이다

다시 한번 강조하자면 라오스 북쪽 지방은 아직 때묻지 않은 순수한 사람들과 오염되지 않은 자연을 볼 수가 있다. 그래서 라오스 북쪽 지방은 기회가 되면 많이 찾게 된다. 라오스 국경을 넘는 방법은 여러 가지다. 나는 가능하면 한 번 지나갔던 통로는 가지 않고 새로운 국경을 찾아 넘어간다. 이번에는 집사람과 둘이서 치앙마이를 출발 태국 남동쪽 약 300㎞ 떨어져 있는 난을 지나 조그만 지방도로 1080번 끝에 있는 국경 검문소를 지나기로 했다.

그러기 위해서는 갈 길이 멀기 때문에 해가 뜨기 전 5시경에 치앙마이를 출발, 난에 도착해 점심을 먹은 후 지도를 찾아 1080번 지방도로를 지나

| 나룻배를 타고 메콩강을 건너는 내 차의 모습

국경에 도착했다. 그곳에서 차에 기름을 가득 주유했다. 라오스는 태국보다 기름값이 비싸다. 그래서 가능하면 태국에서 가득히 기름을 넣어가는 것이 바람직하다.

국경 검문소는 아담하고 넘나드는 사람도 별로 없는 듯 조용했다. 그리고 다른 곳에 비해 관리들도 친절했으며 커미션을 요구하지도 않았다. 출입국 사무실을 거쳐 세관에 차를 신고하고 국경을 넘어 라오스 검문소에 도착했다. 라오스의 세관과 출입국 사무소에 근무하는 관리들은 약간은 고압적인 태도를 보이며 노골적으로 '수수료'를 요구했다.

이런 것은 어느 나라나 마찬가지인 것 같다. 못사는 나라 관리들일수록 뒷돈을 많이 요구했다. 부정한 돈을 많이 챙겨서일까, 그들은 손가락에 몇 개씩 누런 황금 반지를 끼고 있었다. 그곳 관리들과 실랑이를 하기 싫어 요구하는 돈을 주고 국경을 넘을 수 있었다. 자기 나라에 돈을 쓰러 오는 관광객에게 돈을 요구하는 관리들은 정말 한심해 보였다.

그 때문에 약간은 기분이 상했지만 더는 생각하지 않기로 하고 즐거운 마음으로 운전했다. 얼마 지나지 않아 갈림길이 나왔다. 오른쪽으로 가면 라오스 수도 비안티안이 나오고, 왼쪽으로 가면 우돔사이가 나온다. 남과 북으로 나뉜 갈림길이다.

나는 예정대로 북쪽으로 핸들을 꺾었다. 얼마 지나지 않아 재래시장이 보였다. 오후 늦은 시간이어서 사람들이 많이들 시장을 보러 나와 시장은 활기를 띠고 있었다. 우리는 차를 멈추고 시장으로 향했다. 재래시장에는 어느 곳이나 마찬가지로 과일과 채소, 고기 등 물건들이 가득 쌓여 있었고, 시장 한편에는 돼지고기를 대나무 꼬치에 꿰서 찹쌀밥과 함께 팔고 있었다. 고기 굽는 냄새가 코를 자극했고 김이 무럭무럭 나는 찰밥은 기대 이상으로 맛있었다.

관광객이 많이 오지 않는 시골 장터이기 때문에 가격도 저렴했다. 맛있게 잘 익어 보이는 몽키 바나나도 한 줄기 사서 다시 출발했다. 비교적 한산하기만 한 도로에는 지나가는 차도 별로 없고 도로 양옆으로 위치한 마을에는 어린아이들이 많이 뛰어놀고 개들도 여유롭게 장난치며 놀고 있는 모습이 평화롭고 여유 있어 보였다.

간혹 길가에는 산에서 채취한 채소와 토종꿀 등을 내놓고 팔며, 지나가는 차를 향해 손을 흔들었다. 무얼 파는지 궁금해 차를 세우고 내렸다가 꼬마 아이가 팔고 있는 토종꿀을 한 병 샀다. 이런 곳에서 파는 꿀은 진짜다. 그리고 우리의 토종 꿀벌보다 크고 사나운 벌집에서 채취한 꿀이기 때문에 약효도 좋다. 물론 값도 매우 싸다. 나에게 꿀을 판 소녀는 기분이 좋은지 나에게 두 손을 모으고 고맙다며 인사를 했다. 나도 그 소녀에게 진짜 꿀을 채취해서 팔아줌에 감사하며 멀리 가도록 손을 흔들어 주는 소녀를 뒤로하고 계속 길을 따라갔다.

얼마 지나지 않아 우리 앞에 메콩 강이 나타났다. 멀리 중국을 거쳐서 미얀마, 라오스, 태국 3개국 국경이 맞닿아 있는 골든 트라이앵글을 거쳐 이곳 라오스 중심부를 관통하며 흐르는 꽤 넓은 메콩 강이다. 골든 트라이앵글이 있는 태국 치앙센에서 배를 타고 라오스 제2의 도시 루앙프라방으로 향해서 가는 배가 이곳을 지나서 간다.

그런데 그곳에는 다리가 없고 커다란 바지선이 차와 사람을 실어 메콩 강을 건너주었다. 나루터에 기다리고 있던 바지선에 차를 싣고 배가 떠나기를 기다리고 있었다. 그러나 한참을 지나도 차도 사람도 더 오지 않았다. 기다리고 있는 나에게 바지선에서 일하는 청년이 나에게 흥정을 걸어왔다.

차량 한 대당 건너는 비용이 250밧 인데 차량이 3대가 채워져야만 출발을 할 수 있다고 했다. 그런데 내가 차량 두 대 비용 500밧을 주면 지금이라도 당장 출발하겠다는 이야기다.

나는 황당했지만, 괜히 그 청년을 기분 나쁘게 할 필요가 없어 청년에게 말했다. "너의 제안은 참 좋은데, 나에게는 지금 돈이 없어서 그럴 수가 없다."고 거절했다. 가만히 눈치를 보니까 자기도 빨리 건너가야만 건너편에서 바지선을 기다리고 있는 차와 사람을 태울 수 있는 것 같았다.

한참이 지난 후 그 청년은 다시 내게 다가와 그러면 100밧만 더 주면 출발하겠다고 한다. 그러나 나는 그 제의도 정중히 거절했다. 그러자 그 청년이 내 차 뒤편에 실려 있는 골프채를 보고 나에게 골프를 할 수 있느냐고 물었다. 내가 그렇다고 말하자 그 청년은 나에게 골프치는 모습을 한 번 보여 달라고 했다. 그러면 출발할 수 있다고 했다.

나는 그렇게 할 수 있다고 말하고 차에서 골프채를 내려 강가 모래사장에 티를 꽂고 준비를 했다. 골프를 어떻게 하는지 전혀 모르는 청년과 배에 타고 있던 사람들이 공이 날아가는 앞에 서서 사진을 찍겠다며 몰려들었다.

나는 공이 앞으로 날아가기 때문에 위험하다고 말해주고 사람들을 옆으로 비키게 한 후, 몇 번의 스윙 연습을 하고 메콩 강을 향해 골프공을 힘차게 날렸다. 하얀 골프공은 메콩 강을 향해 날아갔다. 그 광경을 핸드폰으로 촬영하던 사람들이 소리를 질렀다. 다시 한 번 보여달라는 요청에 몇 번 더 보여 준 후 바지선은 출발했다. 난생처음 골프 치는 모습을 구경한 사람들은 핸드폰에 찍힌 내 모습을 나에게 보여주고 엄지 손가락을 들어올리며 "넘버 원"을 수없이 반복했다.

동남아 사람들은 'ㄹ' 발음을 잘하지 못한다. 그래서 골프를 '곰푸'라고 하고 볼을 '본'이라고 말한다. 바지선에서 내리자 사람들이 잘 가라며 손을 흔들어주었다. 헤어짐의 아쉬움을 뒤로하고 또 달렸다.

 ## 곰발을 파는 라오스 재래시장

조용하고 쾌적하기만 한 라오스 오지를 달려가는 기분은 언제나 상쾌하다. 얼마를 달렸을까, 날이 어두워져 중간 마을에 있는 게스트하우스에 차를 세웠다. 이곳에는 중국 사람들이 많이 들어와서 상권을 많이 차지한 것 같았다.

깨끗하고 시설이 좋은 게스트하우스는 전부 중국 사람이 운영하고 있었다. 꽤 큰 식당 몇 개는 전부 주인이 중국 사람이었다. 중국의 거대 자본이 라오스 깊숙이도 많이 차지하고 있다는 것을 실감한 순간이었다. 우리는 모처럼 중국 식당에 가서 맛있는 중국 요리를 몇 가지 시켜 볶음밥과 함께 고량주도 한 병 마시며 여행의 피로를 풀었다.

그리고 새벽 일찍 일어나 새벽시장에 나가 보았다. 여기도 마찬가지로 부지런한 현지인들과 산속 깊은 마을에 사는 산족들도 나와 새벽임에도 불구하고 아주 활기찬 분위기였다. 시장을 한 바퀴 둘러본 후 시장 한편에 큰 가마솥에 장작불을 피워 국물을 끓이는 쌀국수 가게를 발견한 우리는 의자에 앉아 국수를 시켰다. 그곳의 국수가 유명한 집이었는지 유독 그곳에만 사람이 몰렸다.

나이가 지긋한 할머니와 딸로 보이는 젊은 아줌마 그리고 아저씨, 가족들이 열심히 쌀국수를 국물에 말아 우리에게 갖다 주었다. 닭고기 뼈를 푹 삶아 만든 육수와 쫄깃쫄깃한 면발은 언제 먹어도 맛이 있는 음식이다. 거기에다 각종 채소를 탁자 위에 담아 놓아 얼마든지 넣어 먹어도 공짜다. 뜨거운 국물에 채소를 넣으면 즉석 채소 샤브샤브가 된다. 육수에 살짝 익은 채소는 맛도 있고 영양도 좋아서 주인에게 조금 눈치가 보이긴 했지만 간뜩 넣어 먹었다. 그렇게 채소로 배를 채우고 그곳 식당을 나왔다.

시장을 나와 천천히 걷는 우리에게 어떤 아주머니가 손짓으로 우리를 불렀다. 호기심에 그 아주머니가 이끄는 대로 골목길로 따라갔다. 아주머니가 커다란 바구니를 들고 있었는데, 말이 잘 통하지 않는 우리에게 바구니를 가리키며 뚜껑을 열어 보여주곤 그것을 사라고 했다.

바구니 안에는 뜻밖에 꼭 돼지 족발처럼 생긴 곰의 발이 네 개나 들어있었다. 그리고 비닐 봉투 안에는 곰의 쓸개처럼 보이는 까만 창자가 있었다. 라오스를 여행하며 어렴풋이 소문을 듣고 이곳에 곰이 산다는 것을 알고는 있었다. 라오스 북쪽에는 산이 많고 말림이 우거져 곰이 간혹 잡힌다는 이야기를 들었기 때문이다.

소문으로만 듣던 곰을 직접 마주하게 되니 흥분이 됐다. 그 아주머니는 주위를 많이 경계하는 눈치였다. 아마도 이곳에도 밀렵은 금지하고 처벌을 하는 것 같았다. 나는 가격을 물어보았다. 아주머니는 발 네 개는 우리나라 돈으로 약 12만 원이고, 쓸개는 2만 원이라고 했다. 우리에게는 제법 싼 가격이지만 그곳 현지인에게는 그야말로 큰돈이다. 나는 아쉽지만 구매를 포기했다. 집으로 돌아가는 길이 아니고 앞으로 많은 일정이 남았기 때문에 사고 싶었지만 사지 못하고 그냥 돌아섰다.

여행을 하면서 야생곰을 볼 수 있는 것은 크나큰 경험이며 행운이 아닐 수 없다. 밀렵된 야생곰은 대부분 베트남 국경 근처에서 베트남 상인들에게 팔린다고 한다. 호치민의 부자들은 가격을 따지지도 않고 사기 때문에, 야생곰이 없어서 못 팔 지경이라고 한다.

라오스 북쪽 산간지역에는 많은 야생동물이 존재하고 있을 만큼 자연이 살아있으며 원시림이 아직도 남아 있는 것 같다. 그리고 그곳에 사는 산족들도 순수하고 세상에 물들지 않은 착한 마음을 간직하고 있다. 더불어 여행하는 여행자도 순수해지고 마음이 깨끗해지는 것만 같아 기분이 상쾌해진다.

상쾌한 기분으로 운전대를 잡고 또 달린다. 역마살이 끼었다는 말을 많이 듣는 나는 무작정 달리는 게 좋다. 가끔은 생명이 위험할 정도의 일과 마주치기도 하지만 멈추지 못하고, 계속 달려야만 직성이 풀린다. 이렇듯 떠돌아 다니면서 신나하는 내 모습이 가끔 나 자신조차 이해가 되지 않고 낯설 때도 있다.

교통의 요충지, 중국인이 옛날부터 많이 들어와 터전을 이루고 살고 있는 우돔사이에 도착했다. 몸 컨디션이 별로 좋지 않아서 시설이 깨끗하고 온수가 잘 나오는 숙소를 찾아서 짐을 풀었다. 따뜻한 온수에 샤워를 하고 잠자리에 일찍 들었다. 우돔사이에서 북쪽으로 직진을 하면 중국국경으로 갈 수 있고 오른쪽으로 꺾으면 베트남으로 갈 수가 있다.

베트남 국경으로

이튿날 우리는 베트남까지 가야 하는 길이 멀어 동이 트기 전 새벽녘에 일찍 우돔사이를 출발, 베트남의 국경을 향해 떠났다. 도로의 아스팔트 포장 상태는 비교적 좋았으나 길은 좁은 편이다. 그 좁은 길을 따라 새벽부터 줄을 지어 주민들은 산속으로 들어간다. 옆구리에 칼을 차고 바구니를 소지하고 산으로 일하러 가는 것이다. 산지가 대부분인 라오스 북쪽에서는 산속에서 모든 소득을 얻는다. 산허리 비탈진 곳을 개간하여 옥수수를 심고 산속에서 자라나는 약초들과 산짐승들을 잡아 생활해 나가는 것이다. 그래서 어린아이들은 집에 남겨두고 어른들은 산속으로 아침 일찍 출발한다.

베트남 국경으로 가는 길은 멀고도 멀었다. 정오쯤 되어서야 신사이라는 지방에 도착한다. 지도를 살펴보니까 갈림길에서 오른쪽으로 가면 베트남이고 왼쪽으로 가면 중국 국경이 나온다.

라오스에서 중국으로 들어가는데는 여러 루트가 있다. 우리는 점심 식사를 위해 시장을 찾아갔다. 시장에는 소수민족 특유의 전통의상을 차려입은 주민들이 자기 민족의 고유한 색깔 옷을 입고 나와서 울긋불긋 아름다운 꽃이 움직이는 것처럼 고왔다. 강가에서 잡은 듯한 붕어와 피라미, 메기 등을 대나무 꼬치에 꿰어서 맛있게 숯불에 구운 물고기와 김이 무럭무럭 나는 찰밥을 파는 난전에 앉아 사람 구경을 하며 맛있게 점심을 먹었다. 우리나라에서는 물고기를 주로 매운탕을 해 먹는데 숯불에 구운 물고기는 별미 중의 별미였다.

특히 매운 고추를 짓이겨 만든 소스는 특히 맛이 있었다. 이곳이 오지이기 때문에 가격도 저렴해 우리 둘이서 식사한 가격이 3,000원 정도였다. 이렇게 맛있는 음식을 저렴하게 먹을 수 있는 것은 자유 여행자만이 접할 수 있는 기쁨이다. 오늘 해가 지기 전에, 베트남 국경 문을 닫기 전에 국경을 넘어야 하기 때문에 서둘러서 일어나 그곳을 떠나 국경을 향해 힘차게 액셀을 밟았다. 차 안의 오디오에서는 내가 좋아하는 소양강 처녀가 흥겹게 흘러 나왔다. 배도 부르고 즐거운 기분에 노래를 따라 부르며 흥에 겨워하며 길을 재촉했다.

한참을 가다 보니까 길가에 사람들 몇 명이 가는 우리 차를 손을 들어 세웠다. 호기심에 차를 세우고 가까이 가보니 강에서 잡은 잉어 몇 마리를 우리에게 사라고 한다. 뱃가죽이 노랗고 비늘이 싱싱한 제법 큰 잉어는 아직도 살아서 입을 벙긋거렸다. 그 잉어를 사서 매운 고추를 듬뿍 넣어 찜을 해 먹으면 맛있을 텐데 하고 생각했지만 우리는 그 잉어를 살 수가 없었다. 아쉬운 마음을 뒤로하고 다시 차는 출발했다.

얼마 지나지 않아 조그만 꼬마 아이들이 길거리에서 무얼 팔고 있었다. 꿀을 맥주병에 담아 파는 것이다. 이런 산골 오지에서 파는 꿀은 무조건 진짜인 것을 경험을 통해 나는 알고 있어서 그 꿀 두 병을 전부 샀다. 그러자 그 꼬마들은 고맙다며 두 손을 모아 가슴에 대고 연신 고개를 숙였다. 좋은 일을 한 것만 같아 기분이 좋아졌다. 참고로 꿀은 한 병에 약 15,000원 정도다. 100% 진짜 꿀이기 때문에 나중에 귀국할 때 갖고 와 지인들에게 나눠주면 다들 좋아하는 선물이 될 것이다.

라오스 북쪽에는 산이 많다. 우리나라 강원도보다 훨씬 많다. 산골짜기를 오르고 산 능선을 따라 몇 시간씩 가야 되는 경우도 많다. 베트남으로 넘어가는 라오스 국경 검문소도 역시 높은 산 능선의 넓은 공터에 자리하고 있었다. 검문소는 조그만 건물 2개 동과 조금 떨어진 곳에 간이 건물로 만들어진 식당과 매점이 있는 아담한 크기였다.

라오스에서 베트남으로는 태국 소속 차를 갖고 가지 못한다. 우리는 그곳 담당군인에게 부탁을 해서 그 곳에 차를 주자하고 베트남으로 가기로 했다. 그 곳 군인에게 열흘 정도 주차하는 주차비조로 3만원을 주고 그 군인에게 우리 차와 함께 기념사진도 찍자고 했다. 혹시라도 나중에 차가 이상이 있을 때를 대비하여 우리가 여기에 차를 주차했었다는 증거를 남기기 위해서였다.

베트남 국경도시 디엔비엔푸로 가기 위해서는 그곳에서 국경을 넘는 버스를 타야 했다. 국경을 넘는 사람들은 그렇게 많지는 않았지만, 그때가 늦가을이었기 때문인지 라오스 쪽에서 빗자루를 만드는 재료가 되는 갈대를 꺾어 말린 후 오토바이에 싣고 베트남으로 넘어가는 젊은 여자들이 매우 많았다.

오토바이에 실은 갈대는 산더미처럼 많아서 운전하는 사람이 잘 보이지 않을 정도이고, 묘기 대행진에 나가도 될 만큼 가득 싣고 운전을 잘해서 국경을 넘는다. 아무래도 라오스 경제 규모가 베트남보다 작은 모양이다. 그러니까 노동력이 많이 소요되는 갈대를 베트남으로 수출하는 것이 아닌가 하는 생각이 들었다. 하루에도 몇 번씩 국경을 넘나드는 듯한 젊은 라오스 여자들은 검문소를 통과할 때 군인에게 약간의 돈을 주는 것 같았다. 후진국 관리들의 못된 모습이다. 그야말로 벼룩의 간을 빼 먹는 것 같아 씁쓸한 기분이 들었다.

| 베트남 국경으로 넘어가는 라오스 검문소 앞에 있는 내 차의 모습

6

베트남 여행

| 베트남 북부 박하 재래시장와 현지인

| 박하 재래시장에서 만난 젊은 부부와 아기

우리는 한참을 기다린 후 버스를 타고 국경을 넘어 베트남 국경 검문소에 도착, 입국 수속을 간단히 마치고 국경도시 디엔비엔푸에 도착할 수 있었다. 우리는 버스 정류장 근처에 있는 숙소에서 하룻밤을 자고 내일 우리가 가고자 하는 베트남 북쪽에 있는 도시 사파로 가기로 했다. 국경도시 디엔비엔푸는 상당히 큰 도시이고 사람들은 활기가 넘치고 매우 바빠 보인다. 라오스와는 분위기가 다르다. 매우 빠른 속도로 발전하는 베트남 경제의 모습을 단편적으로 보여주는 듯했다.

많은 동남아 국가 중에 베트남이 제일 선두에서 경제를 발전시킬 것이라는 생각은 틀림이 없는 것 같다. 시장에는 물건이 넘쳐나고 시내 거리에는 저녁 야시장이 문을 열고 음식을 팔고 있었다. 우리는 사람이 많이 모여 있는 통 오리를 숯불에 구워서 매콤한 소스에 찍어서 먹는 난전 식당에 앉아 알맞게 구워진 오리를 맛있게 먹을 수 있었다. 매운 베트남 고추를 넣어 만든 소스는 여행에 지친 여행자의 식욕을 자극했다. 덕분에 오랜만에 만족스러운 식사를 수 있었다.

 ## 아름다운 휴양도시 사파에 실망하다

이튿날 아침 일찍 우리는 목적지인 사파를 가기 위해 숙소 근처에 있는 버스 정류장으로 가서 버스 티켓을 구입한 후 버스를 타고 프랑스인들이 베트남을 점령했을 때 휴양도시로 사용했던 사파로 향했다. 가는 길은 험했다. 산길을 돌아서 넘어가야만 했기 때문에 길은 파인 곳이 많아 차는 많이 흔들렸지만, 창 밖으로 지나가는 풍경은 아름다웠다.

점심이 되니 넓은 공터에 세워진 큰 식당 앞에 버스가 정차했다. 화장실도 가고 식사도 하라는 의미였다. 그곳의 식당은 여행하는 사람들 전용인 듯 입구에서 돈을 먼저 내야 식당 안으로 들어갈 수가 있었다. 식당 안에는 식탁에 미리 음식을 차려 놓아서 의자에 앉아 먹기만 하면 됐다. 음식은 푸짐했다. 그리고 맛도 있었다. 그리고 베트남 북쪽에서 생산되는 맛있는 녹차도 마음껏 마실 수 있도록 주전자 가득 담아 놓아서, 식후에 입가심으로 안성맞춤이었다.

버스는 다시 출발하고 오후 늦게 사파의 시내 한가운데 위치한 정류장에 우리를 내려 주었다. 사파는 고지대에 위치한 도시이기 때문에 날씨가 벌써 차갑다. 우리는 배낭에서 두꺼운 점퍼를 꺼내 입고 숙소를 찾아 떠났다. 유명 관광지답게 숙소는 많았다. 여행객들을 부르는 호객꾼들도 많았고 숙소는 비교적 깨끗하고 훌륭했다. 그러나 방 값은 비싼 편이다. 우리는 시티타운에서 조금 벗어난 변두리에 숙소를 정하고 짐을 풀었다.

까만 옷을 즐겨 입는 몽족이 거주민의 대다수를 차지하고 있는 도시와 높은 산으로 감싸여 있는 사파는 특별히 시선을 끄는 명소는 없지만 높은 산 계곡에 만들어 놓은 다랑논이 많아 자연과 함께 어우러져 장관을 이루고 있었다.

이튿날 아침 일찍 재래시장을 찾아 나섰다. 시장은 어디나 마찬가지다. 그런데 자세히 관찰해보니 이곳 상인들이 관광객에게는 이중가격을 사용하는 것이 아닌가, 현지 주민들에게는 물건값을 적당히 받고 외국인 관광객에게는 비싸게 돈을 받는 것이었다. 자세히, 오랫동안 살피지 않고서는 알 수 없을 만큼 노련한 속임수였다.

과일을 사려고 오렌지를 파는 가게에서 현지인이 얼마를 내는지 한참 동안 살핀 후 오렌지를 샀는데, 외국인인 나에게는 거의 곱절의 가격을 불렀다. 비단 그 과일가게뿐 아니라 대부분의 시장 상인들이 당연하다는 듯 자연스럽게 외국인에게는 바가지요금을 받고있었다. 이렇듯 여행지에서 이런 모습과 마주하면 씁쓸한 기분은 물론, 실망을 하게 된다.

내가 생각하고 순수함을 보고 싶었던 산골 마을 사파는 아니었다. 산골짜기 마을과 다랑논을 보러 가는 길목에는 까만 옷을 입은 몽족들이 관광객보다 더 많이 대기하고 있다가 달라붙었다. 우리 부부에게도 우리가 원하지도 않았는데, 두 사람의 몽족 여자들이 따라 붙었다.

자유로운 여행을 원했던 우리는 그 여자들에게 우리를 따라오지 말라고 부탁을 했지만, 그 여자들은 오히려 우리가 이상하다는 듯 쳐다보며 화를 냈다. 아무리 말을 해도 그 여자들은 진짜 거머리처럼 달라붙어 유창하지 않은 영어로 우리에게 설명하며 가이드 행세를 했다. 그리고 가지고 있는 조잡하고 때가 많이 묻은 수공예품을 사라고 강요했다.

기분이 망가질 만큼 속이 상한 우리는 가는 길을 되돌아 몽족 아주머니들을 피해 달아났다. 그래도 그 아주머니들은 포기하지 않고 끝까지 따라왔다. 하는 수 없이 나는 크게 화를 내며 경찰을 부르겠다고 위협했다. 그러자 그제야 그 사람들은 오늘 재수가 없다는 듯, 알아듣지도 못하는 몽족 말로 우리를 욕하며 떠나갔다.

사회주의를 오랫동안 경험한 베트남이라 그런지 경찰은 말만 해도 무서워하고 두려워하는 것 같았다. 사파에 더는 머무를 이유가 없었다. 사파에 대한 기대가 컸었는데, 그만큼 실망도 컸다.

 라오까이를 거쳐 박하로

우리는 망설이지 않고 박하로 가는 길목에 있고 중국과 국경을 맞대고 있는 라오까이로 가기 위해 미니밴을 타고 사파를 떠났다. 국경도시 라오까이는 매우 큰 도시였다. 중국과 국경을 접하고 있어 국경 무역이 활발한 듯 시장 상가에는 물건들이 산더미처럼 쌓여 있다. 그리고 노점상에는 햄버거와 샌드위치를 만들어 팔고 있어 베트남이 아닌 유럽처럼 느껴질 정도로 사람들은 세련되어 보인다.

수도 하노이에서 출발해서 이곳 라오까이가 종착역인 기차는 하루 한 번 이곳 라오까이를 오간다. 국경을 넘어가면 중국 기차를 타고 윈난 성의 수도 쿤밍으로 가는 기차를 탈 수 있는 교통의 요충지이기도 하다.

이번 여행의 최종 목적지 박하는 이곳에서 동쪽으로 약 60㎞ 정도 떨어져 있고 일요일에만 장이 서는 곳이기 때문에 일요일에 맞추어 박하에 들어가야만 한다. 다행히도 내일이 일요일이어서 우리는 라오까이에서 1박을 하기로 했다. 이튿날 아침 일찍 미니밴을 타고 박하로 출발했다. '박하'라는 이름만 들으면 옛날 할머니들이 즐겨 먹던 박하사탕을 떠올리겠지만 강북에 있다고 해서 '박하(北河)'라는 지명이 생겼다.

해발고도 800m로 약간은 높은 편이지만 산과 들에 둘러싸인 분지 형태라 특별히 볼 만한 관광 명소는 없고 일요일에만 주변 고산지대에서 울긋불긋한 전통의상을 차려입은 산악 민족들이 장터에 모여들어 축제 분위기처럼 커다란 장이 서는 것이다.

우리도 시장 근처 공터에 도착, 본격적인 시장 투어에 나섰다. 부족마다 다르게 차려입은 의상의 색과 다양성이 우리의 눈길을 사로잡았다. 생각보다 많은 인파에 놀라움과 즐거움에 숨이 멎을 정도로 흥분됐다.

이곳의 일요시장을 보기 위해 몇 날 며칠을 고생하며 찾아온 보람이 있는 것 같다. 시장에는 내일모레 설을 맞아 유난히도 물건이 많고 사람도 많은 대목 시장이 서고 있었다. 전통적으로 음력 설을 지내는 베트남 산악 민족들의 전통에 따라 사탕수수를 장대처럼 길게 밑 둥지까지 꺾어 대문 앞에 세워 놓으면 악귀가 침입하지 못해 일 년 내내 가족이 건강하고 복을 받을 수 있다는 믿음 때문에 그야말로 사탕수수가 곳곳마다 산더미처럼 쌓여있었다.

그리고 찹쌀밥을 쪄서 누룩과 함께 발효시켜 증류수처럼 증류해 만든 옛날 우리나라 안동소주처럼 알코올 도수가 높은 술도 플라스틱 통에 가득 담고 지나가는 사람들에게 맛도 보여주며 열심히 호객행위를 하는 모습도 정겨워 보인다. 찹쌀로 만든 술과 강냉이로 만든 술 두 가지가 있는데 찹쌀술이 더 비싸다. 술을 좋아하는 나도 나누어 주는 술을 조금 맛보았는데 향긋한 냄새와 허끝을 마비시키는 독한 맛이 좋은 술처럼 느껴진다. 가격도 굉장히 싸다. 말하자면 가정에서 허가 없이 만든 밀주인데도 명절을 맞아 수백 통의 말 통에 담아 아무 거리낌 없이 팔고 있었으며 많은 사람이 1.5L짜리 생수통에 담아 사 갔다.

어느 장터에나 빠지지 않고 있는 국밥집 난전에는 많은 사람들이 낮은 나무의자에 앉아 국밥을 먹고 있었다. 돼지머리와 간, 내장 등을 푸짐히 삶아놓고 커다란 가마솥에 뼈를 가득 넣어 장작불로 푹 삶아 만든 국물은 맛이 그야말로 일품이다. 생수병에 아까 보았던 독한 술도 담아놓고 잔술도 팔고 있었다.

머릿고기와 내장을 한 그릇 담아 놓고 따뜻한 국물에 말아 술을 한잔 마시고 있자니 아득한 옛날 아버지를 따라 시장에 가서 돼지국밥을 한 그릇 얻어먹던 추억이 떠오르며 그때가 그리워진다. 그때의 아버지 나이를 훨씬 넘긴 나이가 되어 멀고도 먼, 낯선 베트남 오지 장터에서 마신 독한 술기운 때문일까, 명절이 다가오기 때문일까, 갑자기 떠나가신 부모님 생각에 코끝이 찡해진다. 그리고 집에서 한참 재롱을 피우며 어린이집에 열심히 다니고 있을 손주 두 녀석이 그리워진다. 설날이 되면 할아버지께 세배를 한다고 거실 바닥에서 큰절을 하던 귀여운 녀석들인데 올해는 설을 함께 쇠지 못해 미안한 마음이 들었다.

난전에 있는 국밥집에는 현지인들이 오랜만에 만난 친구들 및 친지들과 함께 큰 소리로 이야기를 나누며 즐거운 명절을 보내고 있었다. 때마침 우리 옆에 젊은 엄마와 세 네살 정도 되어 보이는 소년이 있었다. 소년은 엄마가 떠 먹여주는 고기를 맛있게 받아먹고 젊은 엄마는 그 아이를 흐뭇하게 바라보며 고기를 열심히 먹여주고 있는 모습이 정말 정겨워 보여 계산을 할 때 그 모자의 음식값까지 대신 계산을 해주고 즐거운 마음에 음식점을 나왔다.

 ## 베트남에서 라오스로, 국경을 걸어서 넘다

우리는 '라오까이'까지 다시 타고 왔던 미니밴을 타고 나와서 라오까이에서 베트남 국경도시 '디엔비엔푸'로 가기 위해 야간버스를 탔다. 2층 침대 버스는 밤새워 달려 국경도시에 새벽녘이 되어서야 도착하는데, 우리는 그곳에서 다시 라오스로 넘어가는 직행버스를 타야했다. 그런데 문제가 생겼다.

그날따라 사람이 너무 많아 라오스행 버스는 벌써 만원이 되어 버렸고 많은 사람이 표를 구하지 못해 허둥대고 있었다. 그런데 경험이 많지 않은 외국 여행객들이 '라오까이'에서 미리 표를 사서 왔는데 이곳에서는 그 표를 인정하지 않는다는 것이었다. 나쁜 사람들이 현지 사정에 익숙하지 못한 외국인에게 사기를 친 거다. 많은 외국인이 매표소에 항의를 해보았지만, 소용이 없었다. 돈도 환급해 주지 않는다. 수십 명의 외국인은 황당해하며 어쩔 줄을 몰라 했다.

그 광경을 바라보고 있던 나는 네 명이 일행인 듯한 유럽 젊은이들에게 다가가 협상을 하기로 했다. 라오스 국경까지만 가면 내 차가 있으니 그곳까지 택시를 타고 가되 그곳까지 가는 택시요금은 너희가 내고 대신 거기서부터는 목적지까지 내 차로 태워주겠다고 서투른 영어로 열심히 이야기했다. 그런데 그 젊은 유럽인들은 내 말을 별로 믿지 못하겠는지 나의 제의를 선뜻 받아들이지 않았다.

그런데 나의 옆에서 그 말을 듣고 있던 한 젊은이가 자기가 그렇게 하겠다며 나섰다. 그 청년은 한국에서 혼자 배낭여행을 왔다가 그는 미국인 두 명과 같이 라오스로 가기로 했다고 했다. 그는 자신을 '김승용'이라고 소개했다. 김승용 씨는 동행 인들에게 설명하고 나의 제의를 받아들였다. 내가 생각하기에 그 사람들은 오늘 행운을 잡은 것이다.

아무튼 정류장에서 베트남 국경을 지나 라오스 국경 입구까지 가는 조건으로 택시와 가격흥정을 하고, 곧 우리는 택시를 타고 국경을 향해 달렸다. 베트남 국경에 도착해 출국 수속을 마치고 라오스 국경으로 출발하려고 했는데, 문제가 발생했다. 국경 검문소는 택시로 넘어갈 수가 없다는 것이다. 그러자 조금은 높은 듯한 사람이 나타나서 10달러만 주면 자기 자가용으로 태워주겠단다. 속이 뻔히 보이는 속셈이다.

택시는 가지 못하게 막아놓고 자기 차는 갈 수 있다니 정말로 나쁜 사람이다. 10달러가 큰 돈은 아니지만 그 나쁜 관리가 미워서 우리 일행은 의논 끝에 국경을 걸어서 넘기로 했다. 국경지대는 총 6㎞ 정도였다. 베트남 3㎞, 라오스 3㎞. 비무장지대를 지나가야만 라오스 검문소에 도착한다. 걸어가기에는 만만치 않은 거리였지만 우리는 불의와 타협하지 않고 씩씩하게 걸어서 국경을 넘기로 했다. 국가와 국가 사이에 경계선을 걸어서 넘어가는 기분은 쉽게 접할 수 없는 경험이기에 약간은 흥분도 되고 설레기도 했다.

여행용 가방을 끌고 배낭을 멘 우리들은 힘이 들어도 용감하게 노래를 부르며 높은 산으로 이루어진 국경선을 넘었다. 3㎞쯤 가자 정말로 국경선 표지석이 보였다. 직접 가보지는 못 했지만, 우리나라 휴전선도 비무장지대와 국경선이 만들어져 있을 거란 생각에 우리나라도 자유롭게 걸어서 오갈 수 있는 때가 빨리 왔으면 하고 생각하며 걸었다.

약 1시간을 힘들고 즐겁게 걸어 드디어 라오스 국경 검문소에 도착했다. 그런데 도착한 우리에게 무조건 귀속 체온계를 대고 온도 측정을 한다. 아마도 전염병 때문에 그렇겠지만, 그 체온계가 정말로 작동을 하는지 알 수가 없었다. 체온계가 정상적으로 작동한다면 '삐' 하고 소리가 나야 하는데, 그렇지 않았다. 그리고 나서는 돈을 요구했다. 체온계를 사용한 배터리 값이란다. 이건 정말 코미디다. '법은 멀고 주먹은 가까운 상황'이다. 우리는 실랑이를 하면 우리들의 즐거운 여행 기분이 망가질 것 같아 조금만 항의를 한 후 돈을 주고 국경을 통과할 수 있었다.

국경 공터에 세워 두었던 내 차는 무사히 잘 있었다. 차에 짐을 싣고, 간이 시설에서 팔고 있는 음식을 아침 겸 점심으로 먹고 라오스 목적지 '우돔사이'를 향해 출발했다.

미국 친구 2명과 한국사람 김승용씨는 중간지점 '무앙쿠아'에서 내리겠다고했다. 그곳에서 보트를 타고 라오스 북쪽 오지에 있는 '퐁살레이'로 여행을 하겠다며 무앙쿠아에서 내린 것이다. 우리는 서로 여행을 무사히, 안전하게 잘하라며 인사를 하고 헤어졌다.

일행과 헤어져 우리는 해가 지기 전 '우돔사이'를 거쳐 '루앙남타'까지 가야만 했기에 빨리 달리기 시작했다. 한참을 달린 후 잠깐 휴식을 취하기 위해 차를 세우고 뒷좌석을 본 순간 깜짝 놀랐다. 뒷좌석에 여권 하나가 떨어져 있는 것이 아닌가? 우리 차를 탔던 미국 남자의 여권이었다. 그냥 갈수가 없었다. 여권을 분실한 미국인은 지금쯤 얼마나 애를 태우고 있을까.

여행을 하면서 여권을 분실한다는 것은 정말로 큰 사건이다. 조금도 지체하지 않고 차를 돌려 그 사람들을 내려주었던 '무앙쿠아'로 향했다. 다시 두시간 쯤 더 달려 '무앙쿠아'에 도착 하니, 내려준 그곳에 세 사람이 망연자실한 채 넋을 놓고 앉아 있다가 다시 나타난 우리 차를 보고 깜짝 놀라며 기뻐서 어쩔 줄을 몰라했다. 내가 내미는 여권을 받아든 미국인은 나를 끌어안고 고맙다는 말을 계속 반복했다.

 루앙남타로 가는 길에 만난 왕눈이 원숭이

뜻하지 않게 몇 시간을 지체한 우리는 빨리 인사를 하고 다시 차를 돌려 '루앙남타'로 향했다. 인적도 별로 없고 차도 많이 다니지 않는 도로를 산을 넘고 들을 지나 달리는 것은 언제나 신나는 일이다. 게다가 오염이 되지 않은 맑은 자연과 파란 하늘을 바라보며 달릴 수 있다는 것은 인생의 황혼에 찾아온 축복이 아닐 수 없다. 내가 직접 운전할 힘이 있을 때까지는 가능하면 많은 곳을 보고 달리고 싶다. 하나님께 감사하며 말이다.

너무 가난해서 보리밥도 제대로 먹지 못해 동네 성당에서 나누어주는 강냉이 가루 죽을 받아와 한 그릇씩 마시며 살아왔던 옛날과 지금의 행복한 상황이 극명하게 비교가 되며 지금이 얼마나 행복한지, 하나님께 더욱

겸손한 마음으로 감사기도를 하게 된다.

한참을 달려 산 능선에 자리를 잡고 앉아서 여러 가지 물건을 팔고 있는 현지인들을 보고 잠시 쉴 겸 차를 세웠다. 그 사람들은 주로 산속에서 재배한 채소를 팔고 있었다. 특히 그곳에서 재배한 오이는 크고 속도 야물어서 맛도 기가 막혀서 자주 사 먹는 과일처럼 맛있는 오이다. 그런데 한 곳에 대나무로 엮은 작은 우리에 작은 원숭이가 한 마리 잡혀서 팔리기를 기다리고 있었다.

자세히 보니까 눈이 커다란 왕눈이 원숭이였다. 원숭이는 모든 걸 체념한 듯 가만히 웅크리고 앉아 큰 눈망울만 껌벅껌벅 움직이고 있었다. 어쩌다 운이 없게 사람들에게 잡혔는지 측은하고 불쌍했다. 집에서 자기를 기다리며 애타게 찾고 있을 부모를 그리워하고 있을까, 아니면 앞으로 닥칠 자기 운명에 대하여 불안에 떨고 있을까. 유난히 큰 원숭이의 눈이 너무나도 처량해 보였다.

나는 그 원숭이를 팔고 있는 아주머니에게 값을 물어 보았다. 우리나라 돈으로 환산하면 약 5만원을 달라고 했다. 현지인들에게는 적지 않은 돈이다. 나는 그곳을 떠나려다가 차마 발길이 떨어지지 않아서 집사람과 의논을 한 후 그 왕눈이 원숭이를 5만 원을 주고 샀다. 그리고 그곳을 떠나 한참 후 산마루 중턱에 올라와서 도로변에서도 한참을 숲속으로 들어가서 대나무 광주리 속에 있는 왕눈이 원숭이를 풀어주었다. 자기 집을 잘 찾아갈 수나 있는지, 헤어진 가족을 다시 만날 수 있을지 매우 염려스럽기는 했지만, 하나님께 모든 것을 맡기고 기쁜 마음으로 그곳을 떠났다.

라오스 북서쪽에 있는 루앙남타에 도착하니까 해가 저물었다. 몇 번 와서 잘 아는 숙소에 들어가 짐을 풀고 버스 정류장 근처에 있는 야시장을 찾아 숯불에 구운 돼지고기와 찰밥을 사서 맛있게 먹은 후 속소로 돌아왔다.

이튿날 우리는 당일에 치앙마이까지 가야했기 때문에 새벽 일찍 일어나 라오스 국경을 지나 태국 '치앙콩', '치앙라이'를 거쳐 '치앙마이'에 도착했다. 오랫동안 떠나 있었던 치앙마이 숙소에 돌아오니까 꼭 고향에 돌아온 기분이고 안정된 마음이다. 이삼일 동안은 좋아하는 골프도 하지 않고 치앙마이 근처에 있는 유황온천에 들러 온천욕도 하고 오후에는 타이 마사지도 받으며 천천히 여독을 풀었다.

| 베트남 북부 박하 재래시장의 현지인

| 미얀마의 애기 스님들과 함께

| 베트남 북부 박하 재래시장에서 아내와 현지인

| 미얀마의 시골 현지인의 부엌 @hjhy707

@SEOSOM_

| 미얀마 바간사원의 전경

| 미얀마 인레 호수의 어부

치앙마이에서 띄우는 편지

III

인생을 따라!

인생의 황혼기를 이곳 아름다운 치앙마이에서 보내고 있습니다.

누구나 꿈꾸며 살고 싶은 이곳에서 아름답고

맑은 영혼을 가진 이들과 함께하는 이야기를 통해

꿈이 멀지 않았음을 소개합니다.

1

치앙마이에서의 일상

| 치앙마이 전경

| 산족들의 예배 드리는 모습

옛 치앙마이는 '란나'라는 이름으로 불리었다. 남자들이 여자 집에 장가를 가며 여자가 그 집안에 대를 이어가는 모계사회였다. 그래서인지 옛날 치앙마이는 여왕이 통치하는 란나왕국이었다고 한다. 여왕이 란나를 통치하며 여자가 가계를 이어가기에 지금도 치앙마이는 여자들이 많고 '북방의 장미'라고 불린다.

치앙마이는 은퇴자들이 노후를 보내기에 적당한 기후다. 열대 지방인 이곳 치앙마이에도 잘 구분이 되지 않는 작은 차이지만 사계절이 뚜렷하고 고도가 약간은 높은 산지에 둘러싸여 있어서 별로 덥지도 않고 쾌적하며 태국의 제2 도시이기 때문에 여러 가지 문화 혜택도 누릴 수가 있다. 특히 물가도 우리나라와 비교해서 30% 수준 정도라 주머니 사정이 넉넉하지 못한 은퇴자들이 노후를 보내기에 '금상첨화'인 셈이다.

또한 여러 가지 성인병에 노출되기 쉬운 나이의 사람들에게 온화하고 따뜻한 날씨는 건강 생활에도 많은 도움이 될 뿐만 아니라 스트레스도 상대적으로 많이 받지 않으며 생활하니 근심 걱정 없이 살아가는 모든 사람이 추구하는 이상적인 노후를 즐길 수 있는 아름다운 도시이다.

그래서인지 몰라도 이곳에는 여러 나라에서 모여든 은퇴자들을 많이 만날 수가 있다. 특히 일본 사람들은 일찍부터 여기에 오기 시작해서 지금은 많은 일본인이 들어와 있다. 우리나라 은퇴자들에 비해 약 3배 정도는 될 것 같다. 모든 면에서 우리나라 사람들의 생각보다는 약간 앞서 나가는 사고를 가진 듯한 일본인들은 우리나라 사람보다 일찍이 치앙마이를 알았고, 또한 먼저 들어와서 터전을 닦아 놓아서 꼭 일본 자기 나라에 사는 것처럼 당당하고 숫자도 많다.

요즈음에는 우리나라 사람도 경제적으로 조금은 여유가 생기고 노후를 건강하고 쾌적하게 보내려는 생각이 많이 생겨 갑자기 한국인이 늘고 있다.

나이 분포는 퇴직 후에 몇 년 동안은 한국에서 허송세월을 하다가 뒤늦게 소문을 듣고 온 65세 이상의 은퇴자들이 대부분이다. 요즈음은 명예 퇴직자들이 들어오기 시작하여 막 은퇴한 사람들도 약간은 보이기 시작한다. 이곳을 찾은 사람 대부분이 한결같이 말하는 것이 '너무 늦게 이곳에 왔다'는 것이다.

은퇴하자마자 곧바로 여기로 왔으며 더 좋았을 텐데 한국에서 몇 년간을 허송세월을 보낸 것 같아 그 시간이 아깝다는 말씀이다. 은퇴자들이 한결같이 느끼는 것은 이곳의 저렴한 물가와 이곳 태국 사람들의 순박하고 외국인들을 대하는 친절함이다. 우리나라의 60~70년대의 정이 넘치는 그리고 남을 먼저 배려하는 그러한 사회 분위기를 생각하면 사람 사는 재미가 있는 곳이 이곳 치앙마이다.

지금은 이곳에도 중국인이 많이 몰려들어서 물가도 조금은 비싸지고 인심도 예전 같지는 못해도 치앙마이를 조금만 벗어나면 아름답고 친절하며 순박한 현지인들을 만날 수가 있어서 생활하기가 좋다.

그리고 이곳 치앙마이는 교통의 요충지이기도 하다. 이곳에서 육로로 동남아의 여러 나라들을 갈 수 있다. 미얀마·라오스·중국·베트남·캄보디아·말레이시아·싱가포르 등 여러 나라에 버스 혹은 기차를 타고 갈 수가 있으니까 육로가 막혀 버린 우리나라와 비교를 해보면 너무나도 즐겁고 신나는 이곳 치앙마이라고 할 수 있다.

이곳 치앙마이에서 오후에 출발하는 밤 기차를 타고 이튿날 방콕에 도착, 방콕 구경 후 다시 방콕에서 말레이시아 국경 근처까지 기차로 이동한 후 걸어서 국경을 넘어 말레이시아에서 버스를 타고 '페낭섬'을 거쳐 '쿠알라룸푸르' 등 관광 명소를 버스를 갈아타고 다닌 후 '싱가포르'에 들어가는 코스는 정말 환상적인 여행 코스가 아닐 수 없다.

특히 이곳 치앙마이를 출발, 치앙콩의 태국 국경을 넘어 라오스에 도착, 라오스에서 중국 '쿤밍'까지 가는 국제 버스를 타고 중국 남쪽에 위치한 '쿤밍'에 도착, 다시 버스를 타고 천상고원을 지나 티베트 수도 '라싸'까지 가는 자유 여행은 여행을 좋아하는 모든 사람들이 가보고 싶어 하는 황금 루트이기도 하다.

시간이 조금 넉넉한 여행자에겐 라오스에서 베트남으로 들어가 수도 '하노이'를 거쳐 밤기차를 타고 중국 국경 '라오까이'를 거쳐 중국으로 걸어서 국경을 넘은 후 다시 버스나 기차를 타고 '쿤밍'까지 가는 코스도 환상적이다. 또한 얼마 전까지만 해도 미얀마를 여행하기 위해서는 비행기를 타고 미얀마 '양곤'으로 가는 방법 밖에 없었는데 아웅산 수지 민주 정부가 들어선 후 육로가 개방되어 이곳에서 남서쪽에 위치한 '메솟'을 지나 미얀마를 걸어 갈 수가 있으며, 미얀마에서 방글라데시를 거쳐 인도까지도 갈 수 있는 길이 있어서 여행을 좋아하는 여러 사람들에게 꼭 한 번쯤 권장할 수 있는 여행 루트라 할 수 있겠다.

그러나 이렇게 장거리 여행을 하려면 여행 경비가 문제일 수도 있다. 그러나 육로로 현지인들이 즐겨 타는 버스나 기차를 타고 다니며 숙소는 자유여행자들이 많이 이용하는 게스트 하우스를 이용하고 식사도 시장에 들려 현지인과 같이 사 먹으면 생각보다 비용이 많이 들지 않는다.

모든 것은 생각하기 나름이다. 그리고 그 생각을 실천하는 용기가 더욱 중요하다. 특히 우리나라 물가는 세계적으로 비싸기로 유명하다. 우리나라에서 생활하는 경비로 버스를 타고 기차를 타며 세계 여러 나라 사람들을 만나고 시장에서 같이 어울려 쌀국수를 맛있게 먹을 수 있는 생활을 할 수 있다면 누구나 한 번쯤은 용기를 내 볼 수 있는 일이라 생각한다.

이곳 치앙마이에서 생활하려면 첫째, 집을 구해야 한다. 이곳에도 원룸이 많이 생겨서 비교적 깨끗하고 저렴한 방을 구할 수가 있다. 새로 지은 원룸이 깨끗하고 시설도 최신이어서 여러 가지로 좋다. 내가 살고 있는 시설도 최신이어서 여러 가지로 좋다. 내가 살고 있는 원룸도 새로 건축을 할 때부터 눈여겨보았다가 건물이 완공되자 곧바로 계약을 했다.

보증금 20만 원에 월세 13만 원이다. 우리나라 물가를 기준으로 하면 많이 저렴하지만 이 나라 소득 기준으로 계산하면 만만치 않은 돈이다. 숙소를 구할 때 첫 번째 기준은 외국인이 살지 않는 곳이어야 한다. 특히 한국인이 없는 곳이 좋다. 외국인이 살고 있는 숙소는 집 주인이 순수하지 못해 방세가 많이 비싸다.

또한 한국인이 많이 있으면 편리한 점도 있지만 불편하고 스트레스를 많이 받는 경우도 있다. 내가 경험해 본 경험담이다. 특히 이곳에서의 생활은 절제하고 계획성 있게 생활해야만 한다. 현지인들과의 마찰은 절대 금물이다. 사람 사는 곳은 어디나 다 마찬가지이다. 좋은 사람이 있으면 나쁜 사람도 있다. 나는 그래서 해가 지고 밤이 되면 절대 밖에 나가질 않는다. 사고 가능성을 미리 방지하기 위함이다.

그리고 하루의 시간 계획과 일주일, 한 달 일정을 대강은 정해 놓고 생활을 한다. 먼저 하루의 시간표를 소개하면 새벽 4시에 기상을 한 후 따뜻한 차를 한잔 끓여서 천천히 마신 후 세수를 하고 준비를 한 후 5시 30분경에 집근처에 있는 시장으로 가서 아침을 사서 먹는다. 시장에는 수십 년 전통을 가진 죽 집이 있다. 쌀을 푹 끓인 후 돼지고기 다진 것을 새알처럼 만들어 함께 끓인다. 그리고 실파 다진 거 조금과 생강을 채로 썰어 조금 넣어 준다.

돼지고기 새알을 꼭 다섯 개만 넣어 준다. 그런데 이 죽이 정말 맛이 있다. 그래서인지 이곳 현지인들도 새벽 이른 시간부터 많이 와서 사 먹고 또한 많이 포장해 가기도 한다.

가격도 정말로 싸다. 달걀반숙을 넣으면 800원 아니면 700원이다. 맛이 있고 값이 저렴한 이 쌀죽은 내가 이곳 치앙마이에 온 이후로 약 15년 동안 계속해서 이용해 왔다. 그런데 지금까지 값이 오르지 않았다. 성말로 신기한 일이다. 15년 전의 가격이나 지금의 가격이 같다니 믿기지 않는 일이지만 현실이다.

죽을 맛있게 먹고 나면 옆집에서 파는 커피를 한잔한다. 값은 한잔에 400원이다. 커피도 저렴하다. 그러나 죽 값에 비하면 싼 편은 아니다. 여유

있게 커피 한잔을 마신 후 차로 약 10분 거리에 있는 골프장으로 간다. '란나 골프장'이다. 태국 군인들이 운영하는 골프장인데, 숙소에서 멀지 않은 곳에 있으며 가격도 저렴해 내가 주로 이용하는 골프장이다. 여기도 골프장 회원권이 있는데, 가격이 저렴하다. 우리나라와 다른 점은 이곳에서는 회원권을 구입하면 부인도 같이 회원권을 발행해 준다는 것이다. 그러니까 회원권 한 장을 사면 두 사람이 혜택을 보는 것이다. 그리고 같이 골프를 하는 친구들 세 사람까지는 골프장 이용료를 반값에 해 준다.

우리나라에서는 상상치도 못하는 혜택이다. 참고로 지금 현재 이곳 '란나 골프장'의 회원권 값은 우리나라 돈으로 약 1,400만 원이다. 이 회원권은 자식에게도 물려 줄 수가 있으며 우리나라처럼 팔 수도 있어서 언제든지 이곳을 떠날 때면 팔면 된다. 이곳을 찾는 한국인이 점점 많아지면서 회원권 가격도 점점 올라가는 추세다. 치앙마이 주변에는 골프장이 많이 있다. 약 10여 곳이 넘는다. 이곳에서 조금 떨어진 곳으로 가면 회원권이 없어도 저렴하게 골프를 즐길 수 있다.

참고로 이곳 '란나 골프장'의 이용료는 회원은 약 오천 원, 캐디피 약 만 원, 캐디팁 약 만 원, 그래서 이만오천 원이면 하루 골프를 즐길 수가 있으니, 그야말로 골퍼들의 천국이라고 할 수 있다.

이곳 치앙마이에는 80살을 훨씬 넘긴 골퍼들이 많이 있다. 간혹 90살을 넘긴 사람들도 눈에 많이 뜨인다. 귀족 스포츠의 대명사처럼 되어 버린 우리나라와는 달리 말 그대로 생활 스포츠가 되어 있는 것이다. 여든 살이 넘어 부부간에 같이 즐기며 걸을 수 있는 스포츠는 골프밖에 없는 것 같다. 그래서인지 이곳에는 부부 동반해서 골프를 즐기는 사람이 대부분이다. 그야말로 선택된 사람들이라고 할 수 있는 극소수의 은퇴자들인 것이다.

| 치앙마이의 하늘 정원에서 손주들과 즐거운 한 때

　나는 이곳에서 골프를 위주로 생활 계획을 설계하고 있다. 일주일에 5일 은 라운딩을 한다. 골프를 즐기려면 쉽게 말해서 시간과 돈 그리고 체력이 필요하다. 그런데 이곳에서는 그러한 조건들이 별로 문제가 되지 않는다. 현역에서 은퇴한 사람들이 시간은 너무 많고 또한 비용도 저렴해서 돈도 별로 문제가 되지 않는다. 그리고 이곳은 골프뿐만이 아니고 온천도 많이 있다. 우리나라에서 생각하는 그런 온천이 아니고 물이 펄펄 끓고 하늘 높 이 수십 미터까지 솟구치는 그야말로 진짜 유황 온천이다. 흔히들 유황 온 천의 기준으로 말하는 달걀 썩는 냄새가 코를 찌르는 진짜 유황 온천이다.

　이러한 온천이 치앙마이 근교 한 시간 거리 이내에 여러 곳이 있다. 특히 이곳에서 약 40분 거리에 있는 치앙다오에 가면 계곡에서 솟아오르는 노 천 온천도 있다. 거기에는 입장료도 없어 현지인들도 많이 오는 곳이다. 특 히 온천욕을 좋아하는 나와 집사람은 일주일에 두 번 이상은 꼭 온천욕을 하고 있다. 골프를 하고 나서 따끈따끈한 온천물에 푹 담그고 여유 있게 한 두 시간 휴식을 취하고 나면 그야말로 몸이 날아만 갈 것 같은 상쾌한 기분이다. 뭐니 뭐니 해도 피로 회복에는 온천욕만 한 게 없는 것 같다. 목욕 후에는 약 오천 원을 주고 한 시간 정도 발 마사지를 받는다. 그야말로 금상첨화다.

이곳 치앙마이에는 옛날부터 발 마사지가 전통적으로 유명해서 마사지 업소가 많이 있다. 그러나 간혹 변태 영업을 하고 가난한 자유여행자들을 노리는 나쁜 업소도 있으니깐 조심해야 한다. 마사지에는 두 가지 종류가 있다. 뭉친 근육을 풀어주는 마사지와 혈을 눌러서 피로를 풀어주고 피를 잘 통하게 해주는 지압 마사지가 있다. 나는 숙소 근처에 있는 오랜 전통을 갖고 있으며 맹인들이 운영하는 곳에 단골을 정해 놓고 다니고 있다. 눈이 보이지 않는 맹인들은 오랜 경험으로 인해서 손으로 만져만 보고서도 어디가 불편한지를 다 알아서 근육이 뭉치고 혈이 통하지 않는 곳을 힘껏 눌러서 안마를 해 준다. 이곳 맹인들이 하는 곳에서는 바가지도 없고 사람들이 매우 친절하다.

가격도 저렴해서 한 시간에 오천 원 정도면 서비스를 받을 수가 있다. 안마를 특별히 잘해주면 팁으로 약 1,000원 정도 주면 좋아들 한다. 특히 여자들이 좋아하는 코코넛 기름으로 온몸을 마사지하는 오일 마사지 코스도 있다. 오일 마사지는 그냥 타이 마사지에 비해 조금 비싸다. 한 시간에 약 팔천 원 정도인데 코코넛 오일이 피부에 좋다는 건 잘 알려진 사실이다. 나도 일주일에 한 번은 오일 마사지를 받고 있다. 우리 집사람은 오일 마사지가 너무 피부에 좋은 것 같다며 일주일에 두 번씩 오일 마사지를 한다. 그래서인지는 몰라도 피부가 많이 부드러워진 것 같고 탄력도 많이 생기는 것 같다.

이렇게 치앙마이에서 생활하다 약 두 달에 한 번쯤은 내 차를 타고 라오스 북쪽 지방 산간 오지의 현지인들이 많이 사는 곳을 찾아 그 사람들을 만나고 그 사람들의 순수하고 착한 마음을 나누어 받으며 여행한다. 시간의 여유가 있으면 베트남이나 캄보디아를 넘어서 여행을 하고 돌아오기도 한다. 몸과 마음이 같이 힐링이 되는 여행이다.

여기는 기름값도 우리나라보다 많이 저렴하다. 그리고 특히 내 차는 디젤유를 쓰기 때문에 기름값은 별로 부담이 되지 않아 여러 곳을 많이 돌아다닌다. 내 힘으로 운전하고 걸어 다닐 수 있을 때 많은 곳을 구경하고 싶은 욕심 때문일 수도 있다.

또한, 이곳 치앙마이에는 미장원에서 남자나 여자가 모두 똑같이 머리를 한다. 그런데 이곳 미장원에서는 특이하게도 얼굴 마사지도 해준다. 우리나라에서 해주는 마사지와는 조금은 다르다. 옛날부터 내려오는 전통 마사지 방법인 듯 토종 마사지 재료를 사용해서 약 90분 정도 열심히 얼굴을 마사지 해준다. 덤으로 머리도 시원하게 감겨 주기 때문에 일거양득이다. 비용은 약 8,000원 정도이다. 값도 저렴해서 우리 부부는 일주일에 한 번씩은 꼭 들러서 얼굴 마사지를 한다.

그러니깐 정리를 해 보면 일주일에 5일은 골프 라운딩을 하고 두 번은 온천욕, 타이 마사지 두 번, 오일 마사지 한 번 그리고 얼굴 마사지 한 번, 약 두 달에 한 번 꼴로 자동차 여행을 10일 정도의 일정으로 다녀온다. 이렇게 규모 있고 짜임새 있는 시간표가 있어야 이곳에서의 은퇴 생활도 즐거움이 배가 되며 지루함도 없어진다.

이곳에서 북쪽으로 약 3시간 내 차로 달려가면 '치앙라이'가 나온다. 치앙마이보다는 도시 규모가 많이 작은데, 치앙마이에 비해 외국인과 관광객이 많지 않아 아직까지는 주민들의 인심과 주변 산속에서 화전으로 농사를 지으며 살아가는 소수민족들이 많이 있어서 맑은 영혼을 가진 산에서 사는 산족들을 만날 수가 있어서 자주 찾아가는 곳이기도 하다. 그리고 치앙마이와 비교해서 생활 물가도 많이 저렴하다.

거대한 중국 자본이 머지않아 이곳 치앙마이까지 고속철을 세운다는 소문도 있어서 앞으로는 많이 발전이 기대되는 곳이기도 하다. 실제로 라오스에서는 중국에서 출발하여 라오스 수도 비엔티엔까지 가는 고속철 공사가 한창 진행 중이다. 그 고속철도 중간을 연결해서 치앙라이까지 고속철도가 오는 것은 별로 문제가 없는 것 같아 보인다.

그리고 치앙라이 근교에는 관광 명소도 많이 있으며 옛날 중국에서 살던 소수민족들이 남쪽으로 많이 내려와 삶의 터전을 이루어 살고 있어서 특히 중국 관광객들이 많이 찾는 곳이기도 하다. 이곳에는 한국 사람들이 운영하는 골프장이 있어서 특히 골프 선수 지망생들이 전지훈련을 위해서 많이 찾아온다.

골프장 규모가 커서 프로 선수들과 유명 골퍼들이 숙식을 겸해서 장기간 전지훈련을 할 수 있는 아파트형 숙소도 준비되어 있어서 많이 오기도 한다.

새벽 일찍 멀리 지평선 넘어서 열대 우림을 뚫고 야자수 나무 사이로 빨갛게 떠오르는 큰 태양을 바라보며 새벽 골프 라운딩을 즐긴다는 건 상상만 해도 즐거운 기분이 아닐 수 없다. 열대 지방에서 떠오르는 태양은 유난히도 크고 새빨갛다. 태양이 이글거리며 떠오른다는 표현이 맞을 만큼 아름답고 큰 태양이다.

우리 세대는 민족 전쟁이 발발하던 1950년대에 태어나서 몇 년 동안 전쟁을 겪으면서 고생을 많이 했다. 전쟁이 끝나고 폐허에서 먹을 것이 없어서 굶기를 밥 먹듯이 하고 청소년 시절부터는 부모님과 동생들을 부양하느라 젊은 청춘을 다 보냈다. 우리 세대는 이런 상황 속에서 대부분 노후 대책은 엄두도 내지 못하고, 노년을 맞아 버렸다. 부모님 부양과 가족을 위해서 자신을 희생하는 것은 당연히 해야 할 일이라고 생각하고 그야말로 앞만 보고 달려 온 일평생이었다.

다행히도 나는 하나님께서 보호해 주셔서 이곳 아름답고 기후가 좋은 치앙마이에서 맑은 영혼을 가지고 착하기만 한 현지인들과 어울려서 노년을 보낸다는 게 너무도 감사하고 즐거운 마음에 이 글을 쓴다.

이 글을 쓰면서 기회가 주어진다면 열심히 살아오신 우리 세대의 은퇴자들도 다 같이 즐거운 마음으로 황혼 길에 비추어지는 노을빛이 예쁘고 멀리 멀리 펴져 나갈 수 있도록 나의 마지막 남은 조그마한 힘과 경험을 넉넉하지 못한 삶과 현실에서 힘들어하는 이곳 산족들과 맑은 영혼을 가지고 태어나서 맑고 순수하기만 한 라오스 북쪽 두메산골의 어린아이들을 위하여 은퇴자 여럿이 도움을 주는 일에 참여할 기회가 왔으면 하고 희망하고 있다.

원래 태어날 때부터 신발이라고는 구경도 하지 못하고 맨발로 뛰어다니는 걸 당연하게 생각하면서도 눈망울을 초롱초롱 까맣게 반짝이는 그곳 라오스 북쪽 두메산골의 어린 천사들을 생각하며 하나님께서 나에게 기회를 주실 것을 확신하고 마음에 준비를 단단히 하며 기다리고 희망해본다.

남과 이웃을 위해 봉사를 하고 도움을 주는 그리고 그 기쁨을 함께 나눌 수 있는 노후를 모든 사람이 함께 나아갈 수 있도록 하나님께 기도드린다.

그러나 모든 것이 하나님께서 허락하시고 능력을 주셔야만이 이뤄질 수 있다고 믿고 또 그렇게 되리라 확신을 하며 오늘도 기대하고 기다린다.

2

치앙마이의 특별한 음식

치앙마이 커피 농장 전경

이곳 치앙마이는 내륙 깊숙한 곳에 있어서 바다가 멀다. 그래서 해산물은 별로 없고 운송 기간이 길어서 신선도도 별고 좋지 않다. 그러나 이곳 북쪽 지방은 산이 높고 골짜기가 많아서 개울과 강이 많이 흐르고 있다. 그리고 호수도 많이 있다.

그래서 강에서 잡히는 민물고기가 다양하다. 민물고기의 종류도 많고, 그걸 이용해서 만든 음식도 맛이 있고 저렴하다. 메기, 가물치, 붕어, 잉어, 미꾸라지, 빠가사리 등 우리나라에서는 흔하지 않은 자연산 민물고기가 많이 있다.

이곳에서도 양식을 하는데, 한국과 마찬가지로 자연산은 꽤 비싸다. 1kg에 일만 원 정도 한다. 이곳 물가로 계산하면 만만치 않은 돈이지만 자연산 메기와 빠가사리를 사서 매운탕을 끓여 먹으면 입안에서 살살 녹는 맛이 정말로 일품이다.

그리고 비가 온 뒤에 재래시장에 나가보면 자연산 민물 장어도 볼 수가 있다. 그런데 우리나라에서 보는 양식 장어가 아니고 자연산인데 수십 년은 자랐을 정도로 크고 굵다. 이 정도의 크기라면 우리나라에서는 그야말로 부르는 게 값일 정도로 귀한 자연산 장어를 이곳에서는 쉽게 구해서 요리를 해 먹을 수가 있다. 모든 사람이 다 알고 있듯이 자연산 장어는 면역을 키우는데도 좋고, 특히 남자들 원기 회복에도 좋다는 건 이곳에서도 마찬가지다. 나는 이 장어 요리를 맛있게 많이 먹기 위해 한국에서 꽤 큰 압력 밥솥을 가지고 와서 서너 시간 푹 삶아서 그 국물을 아침 공복에 한 사발씩 마시고 있다.

치앙마이에서 조금 떨어진 시골 장터에 가면 개구리도 많이 판다. 우리가 어렸을 때 많이 잡아서 구워 먹던 참개구리도 많다. 사람 사는 곳은 어다나 마찬가지인 것 같다. 이곳 사람들도 개구리가 보양식인 것을 알고 있는 듯 많이들 사 간다.

우리나라에서는 자연산 개구리를 잡아 파는 것은 법으로 금지하고 있는 걸로 알고 있다. 여기서는 참개구리를 사서 고추장을 듬뿍 풀고 매운탕을 끓여서 한 사발 마시고 나면 힘이 솟는 것만 같아 자주 요리를 해서 먹는다.

더불어 열대 지방인 이곳에는 개미가 많다. 그래서인지 몰라도 개미 요리가 많이 있다. 몸이 빨갛고 공격성이 강한 불개미는 번식기가 되면 나무에 올라 나뭇잎을 삼각형으로 엮어서 집을 만들고 그 속에 알을 낳는다. 사람들은 그때를 놓치지 않고 연기를 피워 불개미들을 쫓아낸 후 알을 채취해서 판다.

전하는 말에 의하면 이곳 태국의 왕도 불개미 알을 좋아하고 많이 먹어서 장수했다고 한다. 불개미 번식기가 되면 식당에서도 불개미 알을 이용한 요리를 판다. 다른 요리에 비하면 값이 약간은 비싸지만 달걀과 같이 반숙을 해서 주는 불개미 알 요리는 한국사람 입맛에도 맞는 것 같고, 몸에도 좋다고 하여 많이 사 먹는다.

또 크기가 제법 크고 색깔이 밤색인 개미는 번식기가 되면 하늘 높이 떠올라서 공중에서 짝짓기를 한다. 그때가 되면 하늘을 온통 개미 떼가 새까맣게 덮어 버려 하늘이 보이질 않는다. 사람들은 이때를 놓치지 않고 교미를 위해 땅굴에서 나오는 여왕개미를 잡는다. 여왕개미보다 숫자가 10배 많은 숫개미는 크기가 작아서 잡지를 않는다. 크기가 제법 큰 여왕개미는 기름에 살짝 볶아서 이튿날 시장에서 아주머니들이 판다.

나도 몇 번 사서 먹어보았는데, 고소하며 들깨 기름 향이 나는 개미는 맛

이 있었다. 그러
나 값이 만만치가
않아서 돈이 넉넉
하지 못한 이곳
일반 서민은 많이
사 먹지 못하는
것 같았다.

또, 여기 치앙마
이에는 야생벌이
많이 있다. 산이
깊고 밀림이 우거
져서 야생벌의 종
류도 수십 가지나

| 벌과 애벌래

된다. 그렇게 많은 벌들이 번식기에는 자기 집에다 애벌레를 낳는다. 벌의
종류에 따라 애벌레의 크기도 천차만별이지만 그 애벌레가 들어 있는 벌집
을 전문적으로 채집해서 시골 장에서 팔기도 한다. 우리나라에도 지리산
근처에 가면 애벌레가 들어있는 벌집을 술에 담가 고가에 판매를 하는데,
이곳에서는 저렴하게 구할 수가 있고, 애벌레도 크고 살아서 꿈틀거린다.

이곳 현지인들도 야생벌의 애벌레가 건강에 도움이 된다며 코코넛 기름
에 살짝 볶아서 음식을 해 먹는다. 이곳에서 개미 알 요리, 벌 애벌레 요리,
민물장어 등 여러 가지 음식들은 한국에서는 쉽게 구할 수 없는 재료들이
기에 이곳에 살며 덤으로 주어지는 행복이라 생각하며 즐거운 마음에 맛
있게 먹고 건강하게 노후를 즐기며 생활하고 있다.

3

라디오 사연
생수병 속에 담긴 술

치앙마이의 아름다운 산과 하늘

다음에 소개하는 사연은 제가 치앙마이에서 생활하며 겪은 체험담을 MBC 라디오 방송국에 원고를 투고하여 라디오 방송으로 소개된 것입니다. 방송 내용을 그대로 다시 한 번 적었습니다.

저는 태국 치앙마이와 한국을 오가면서 바쁘게 생활을 하는 올해 62세가 된 김대인이라는 사람입니다. 제가 본의 아니게 실수를 해서 사죄하는 마음으로 이 글을 쓰게 되었습니다.

저는 태국 치앙마이에 갔다가 1년 동안 안식년을 보내고 계시는 김종진 목사님을 현지 교회에서 알게 되었습니다. 타지에 나가보신 분들은 알겠지만 낯선 타국에 같은 한국사람을 만나면 같은 민족이라는 그 이유 하나만으로도 친밀감이 생기는데, 목사님과 저도 그런 경우입니다.

한국에서 온 저를 무척 반갑게 맞아 주시고, 치앙마이의 좋은 곳으로 함께 야유회를 가자는 제안에 저와 목사님 그리고 목사님의 친구분들까지 우리는 가까운 곳으로 야유회를 가기로 했습니다.

저와 아내는 야유회에서 먹을 음식을 챙기고 있었습니다. 저는 술을 좋아해서 야유회에 갈 때는 늘 술을 가지고 갔습니다. 하지만 목사님도 계시니 아무래도 술을 가지고 가는 것이 부담되었습니다. 저는 정말로 술을 놓고 가려고 했습니다. 그런데 술을 그냥 두고 가려니 발길이 떨어지지 않아 술을 가지고 가기로 했습니다.

아무래도 술이 없으면 안 될 것 같아 알콜 도수가 약 65도쯤 되는, 색깔은 맑은 위스키처럼 보이는 태국 전통 민속주를 플라스틱 생수병에 담아, 마치 물처럼 위장해서 피크닉 가방에 넣어 두었습니다.

그리고 드디어 야유회 날이 되었습니다. 태국 치앙마이에서는 여러 사람이 모여 야유회를 갈 때 우리나라 '신선로'처럼 생긴 불판을 사용하는데, 동

그런 판 가운데는 고기를 굽게 되어 있고 그 가장자리는 물을 부어서 채소와 해산물을 샤브샤브로 해 먹는 태국 전통 조리기구를 사용합니다. 그래서 저는 그 조리기구에 돼지고기, 새우, 오징어 등등 각종 채소를 넣고 물을 부어 끓이기 시작했습니다.

멋진 풍경과 함께 음식이 맛있게 익어가기 시작했습니다. 목사님도 요리를 도와주셨습니다. 평소 남을 위해서 일하는 것이 몸에 밴 목사님은 목사님이라고 대접받기를 원하는 그런 마음 없이 그저 당신이 직접 남에게 뭐든지 해 주는 것을 좋아하셨고, 저는 그런 목사님의 모습이 참으로 존경스러웠습니다.

저는 그런 요리하는 목사님을 남겨두고 이리저리 구경을 하는데, 좋은 경치를 보다가 보니까 은근히 술 생각이 나기 시작했습니다. 이런 좋은 경치를 보며 한 잔 하면 얼마나 끝내줄까 속으로 생각을 하며, 목사님 앞이라 괜찮을지 고민을 했지만, 생수병에 담아왔으니 물 마시듯이 마시면 되겠지 생각하며 슬금슬금 제가 들고 온 가방 옆으로 다가가서 생수병을 꺼내려고 하는데, 어! 이게 웬일? 살펴보니 생수병이 없는 겁니다. 한참을 찾다가 목사님께 이 가방 안에 있는 생수병을 못 봤는지 여쭤 보았습니다. 목사님은 음식의 간을 보니 짜고, 국물이 졸아들어 생수병의 물을 부었다고 했습니다. 그 음식의 간을 보며 드셨는데, 목사님의 얼굴은 점점 빨개지더니 숨결까지 가빠지셨습니다.

영문도 모르는 사람들은 혹시 식중독이 아니냐며 음식이 이상하니 다 가져다가 버려야 한다고 했고, 그래서 그 누구도 음식에 술이 들어간 것을 눈치채지 못했습니다. 저는 일단 목사님을 나무 그늘에 뉘었고, 웅성거리는 사람들에게는 많이 피곤해서 잠시 지치신 것 같으니, 그냥 한숨 주무시면 괜찮을 거라고 이야기 했습니다.

그리고 저는 목사님 곁에서 두 눈을 꼭 감고 하나님께 기도를 올렸습니다. "하나님 이번에 목사님만 살려 주시면 다시는 술을 마시지 않겠습니다." 라고 기도를 했고 제 간절한 기도가 하늘에 닿았기 때문이었는지 몸에 자꾸 열이 난다며 괴로워하신던 목사님은 코를 골면서 잠이 들었습니다.

한숨 푹 주무시고 나신 후 목사님은 무슨 일이 있었냐는 듯 평소와 같이 차분하고 침착한 말투로 평온하게 행동을 하셨습니다. 오히려 저 때문에 많이 놀라셨다며 같이 오신 분들을 위로 하셨습니다. 목사님은 지금도 몸에 왜 열이 나셨는지 알지 못하십니다. 당시에는 저도 입을 꾹 다물고 있었는데, 더 이상은 저의 양심이 허락지 않아 이렇게 사연을 보냅니다.

이제는 말할까 봅니다. 김종진 목사님, 그때 목사님 몸에서 열이 났던 것은 제가 생수로 위장해서 가져간 술 때문이었습니다. 술을 입에 대지도 않는 분인데, 본의 아니게 저 때문에 그렇게 되어서 정말 죄송합니다.

지금은 인도에서 얻은 풍토병으로 다리가 불편하면서도 미얀마 아이들을 위해 봉사하시는 목사님, 목사님이 하루 빨리 건강을 회복하시기를 기도하며 그때 일 다시 한 번 사죄드립니다.

| 산족들과 함께하는 모습

| 여행 동반자였던 아들이 현재 마카오 외국 회사에서
 근무하고 있는 모습

| 치앙마이 온천에서

| 산족들과 유희를 함께하는 모습

| 치앙마이 시장의 아침 죽집

| 치앙마이 노천 온천에서 노는 모습

| 숙소 베란다에서 바라본 치앙마이 전경

| 치앙마이의 아름다운 산과 하늘의 모습

@heohyuk

| 치앙마이의 아름다운 코스모스 꽃밭

　드디어 마지막 여행 이야기를 다 썼다. 어떻게 써야 할지 어떤 줄거리를 잡아야 할지, 그리고 내가 이 책을 끝까지 다 써내려갈 수 있을지 자신감도 없었으며 과연 내가 생각하고 경험했던 것들을 많은 사람이 읽어보고 무슨 생각을 할런지 등 여러 가지 생각과 상황들을 상상하며 망설이고 계획하기를 몇 년 만에 단지 하나님께서 함께해주실 것이란 믿음과 하나의 꾸밈도 없고 순수하게 내가 겪었던 사실만을 쓰기로 작정하고 용감하게도 도전을 시작했던 순간이 지나고 서문을 쓰기 시작한 지 약 3개월 만에 마지막 페이지까지 다 썼다고 생각하고 쓰기를 멈추었다.

　그리고 내가 소중히 생각하며 열심히 적어 내려간 약 150페이지의 원고를 맞춤법이라든지 틀린 글씨를 점검하기 위해 다시 한 번 천천히 읽어보았다. 그런데 내가 생각했던 것보다 많은 오타가 있었고 앞뒤 문맥이 맞지 않는 문장과 내가 열심히도 생각하며 적은 글들은 매끄럽지 못한 표현과 아름다운 단어들은 찾아볼 수도 없는, 초등학생들이 수학 여행을 다녀와서 과제물로 써낸 기행문 수준이었다. 허탈함과 부끄러움 그리고 쓴웃음이 나오는 순간의 연속이었다.

　그 누구보다 아름답고 재미있는 글을 쓰고 싶고 또 그럴 자신감도 있었는데 인생의 황혼녘에 들어선 나에게는 아마도 무리이고 큰 과욕이었다는 생각에 책의 출간을 포기해버리고도 싶은 생각이 몇 번이고 들었다. 그리고 또 많은 날을 생각하고 생각했다. 그래서 책을 내기 위한 합리적인 변명을 생각해냈다. 책을 쓰기 시작한 나의 기대치가 너무 컸고 많은 것을 기대했다는 생각을 하게 된 것이다. 내가 쓴 책이 베스트셀러가 되고 수많은 사람이 즐겁게 내 책을 읽어 주리라는 내 수준을 넘어버린 생각을 하고 있었기 때문에 내 글이 부끄럽고 창피했던 것이었다.

그래서 그 기대치와 희망을 내 수준에 맞추어 생각해보니까 별로 부끄럽지도 않고 자신감도 다시 찾게 되는 것 같았다. 나이 칠십의 할아버지가 쓴 글치고는 읽어 줄 만하다는 생각도 들었다. 스스로 인생의 마지막 황혼녘에 책을 완성했다는 데에 만족하고 기뻐하기로 생각하고, 지금은 철없고 예쁘기만 한 내 손주 두 녀석이 먼 훗날 할아버지가 경험하고 생각했던 것을 읽고 나서 우리 할아버지 최고라면서 엄지손가락을 치켜세워주는 그 모습을 상상하며 즐거워하기로 했다. 그렇다. 나는 누가 뭐래도 대단한 일을 한 것이다.

하나의 기록도 없이 나의 기억에만 의존하여 글을 썼고 먼 훗날 유일하게도 내 책을 읽어 줄 두 명의 독자를 위해 이 책을 쓴 노고와 감사, 기쁨을 돌려주고자 한다. 눈에 넣어도 아프지 않을 손주 의영아, 의준아, 할아버지 만세. 빨리 커서 할아버지 책을 재미있게 읽어주렴. 그때를 생각하면 온몸이 저리도록 기쁘고 만족하고 내가 약간은 힘들게 책을 쓴 목표도 이룰 수 있다는 생각에 그때가 빨리 오기를 기대해 본다.

그리고 항상 나와 함께하시고 나를 주관하시는 우리 주 예수그리스도께 영광을 돌리며 확실하게 하나님께서 살아계심을 확인할 기회가 되었음을 하나님께 보고 드립니다. 감사합니다.